THE FAMOUS FIVE

“五个小侦探”丛书

Enid Blyton

重返宝岛

FIVE ON KIRRIN ISLAND AGAIN

[英]伊尼德·布莱顿——著

黄林涛——译

王珏——绘

漓江出版社

·桂林·

图书在版编目（CIP）数据

重返宝岛 / (英) 伊尼德 · 布莱顿著 ; 黄林涛译
. -- 桂林 : 漓江出版社 , 2022.6
（“五个小侦探”丛书）
ISBN 978-7-5407-9239-8

Ⅰ . ①重… Ⅱ . ①伊… ②黄… Ⅲ . ①儿童小说 - 长篇小说 - 英国 - 现代 Ⅳ . ① I561.84

中国版本图书馆 CIP 数据核字 (2022) 第 057554 号

CHONG FAN BAODAO
重返宝岛
［英］伊尼德 · 布莱顿 / 著
黄林涛 / 译
王珏 / 绘

出版人：刘迪才
丛书策划：沈东子　黄彦
责任编辑：刘红果
书籍设计：石绍康
责任监印：张璐

出版发行：漓江出版社有限公司
社址：广西桂林市南环路 22 号　邮编：541002
发行电话：010-65699511　0773-2583322
传真：010-85891290　0773-2582200
邮购热线：0773-2582200
电子信箱：ljcbs@163.com
微信公众号：lijiangpress
印制：北京中科印刷有限公司
［北京市通州区宋庄工业区 1 号楼 101 号　邮编：101118］
开本：880 mm × 1230 mm　1/32
印张：7.875　字数：121 千字
2022 年 6 月第 1 版　2022 年 6 月第 1 次印刷
书号：ISBN 978-7-5407-9239-8
定价：36.00 元

布莱顿与两个女儿在一起

伊尼德·布莱顿

（Enid Blyton，1897—1968）

英国著名儿童文学作家。早年受过幼儿师范教育，后从事教育报刊工作。她为各种年龄的儿童写了 600 多部作品，在英语世界拥有成千上万的粉丝。她是英国国宝级的童书大王，她的书是“哈利·波特之母”J.K. 罗琳的启蒙读物。在欧洲，她的书被公认为最让家长放心的课外读物；在全球，她的书被翻译的数量超过安徒生和莎士比亚。2008 年，她击败 J.K. 罗琳、简·奥斯汀、莎士比亚，被评选为“英国人最爱的作家”。代表作有《诺迪》、“五个小侦探”丛书等。

“五个小侦探”丛书创作于 1942 年，原先只打算写 6 部，结果问世后大受读者欢迎，到 1953 年共写了 21 部才打住。小说后来在报刊上连载，还被拍成电视剧，热心读者还建立了“五个小侦探”俱乐部，交换不同的阅读感受。2009 年，英国拍摄了一部布莱顿传记片，用白描的手法再现了她的一生。

编辑前言

一起来探险吧！

亲爱的小读者们，“五个小侦探”丛书第二辑终于与大家见面啦！

在2020年夏天的蝉鸣声中，我们走进了小侦探们惊险刺激而又温暖有趣的世界。“五个小侦探”是英国著名儿童文学女作家伊尼德·布莱顿的知名系列故事，共21本，讲述了四个勇敢机智的小朋友与一只狗狗的一系列探险经历，故事性、趣味性极佳，赢得了全世界无数家长与孩子的追捧与热爱。此前我们已推出第一辑，即该系列的前五本。但小侦探们的旅程远没有结束，这一次，我们继续为小读者们带来五个激动人心的探险故事。

时隔两年，大家是否还清晰地记着五个可爱的小侦探呢？还有第一次翻开这套丛书的新朋友们，你们的好奇心是否已被点燃？那就让我们一起来看看这个

特殊的“五人团”——古灵精怪的假小子乔治，沉着机智的大哥哥朱利安，调皮又细腻的狄克，以及善良温柔的小妹妹安；还有一只名叫提摩西的狗狗，它高大威猛、善恶分明，总能在关键时刻表现非凡。

四个小朋友每逢假期，便相约一起，在提摩西的陪伴下，愉快地开启一个个美好的度假计划。途中，他们总有非同寻常的遭遇，但不管遇到多么离奇的事件，陷入何种危险，小侦探们总能集思广益，各展所长，最终成功地解开谜题，逃离危险！

对小侦探们进行了一番介绍之后，让我们来看看第二辑的这五本书吧。

第一本，《重返宝岛》。复活节假期到了，小伙伴们在柯林度假。此时，乔治的科学家爸爸昆丁正在柯林岛做一项秘密实验，一旦成功就可以造福全人类。因此，他不能让任何人打扰他。可是，昆丁叔叔却在半夜听到咳嗽声，还发现了一截新鲜的烟头。他知道别人来不了小岛，因为熟悉航线的渔民接到禁令，不得带任何人上岛。那么，烟头是谁留下的？神秘岛客又是如何来到小岛的呢？

第二本，《幽灵火车》。愉快的暑假开始了，五个小侦探跟着拉菲先生来到荒原露营。荒原下有隧道，

经常有火车经过。孩子们发现山坳里有个废弃的火车调车场，看守人吐露，晚上有“幽灵火车”从废弃的隧道里开出开进。几个小伙伴按捺不住好奇的探险之心，决定去废弃隧道一探究竟……

第三本,《陷入大麻烦》。复活节期间，五个小侦探收拾好行囊，开始一场骑车之旅。然而，阴差阳错之下，狄克突然被人绑架，所有的快乐都化为险情。一切都是因为一个爱说大话、名为理查德的小男孩。其他的小伙伴决计解救狄克，他们会成功吗?

第四本,《冒险的经历》。昆丁叔叔和范妮婶婶到西班牙度假，五个小侦探留在柯林雅舍享受美妙的假期。一天晚上，有贼人闯入了昆丁叔叔的书房。不久，乔治和提摩西一起神秘失踪了。朱利安、狄克和安根据蛛丝马迹开始了追踪，并发现这件事与在海边遇到的流浪女孩乔有关……

第五本,《一次远足》。五个小侦探利用期中假，来了一次徒步远行，他们跋山涉水，玩得不亦乐乎。然而狄克和安因为夜里迷路而被迫借宿在一个破败农家，机缘巧合之下，狄克收到一个越狱犯人误传的口信以及一张纸条。根据这个口信和纸条，小侦探们会找到什么呢?

看到这里，小朋友们是不是已经迫不及待，想要翻开书本先睹为快了？我们还在文中给大家准备了小惊喜。这套外国文学读物的译者姐姐，很认真地为每本书制作了主要人物档案和译名对照表，方便小朋友们查阅；画家王珏老师为每个故事绘制了六幅生动的插图，相信一定能得到小朋友们的喜欢；每个章节结束后，还有一个“想想吧”，内含几个小问题，需要爸爸妈妈或者大哥哥大姐姐提问，小朋友们来回答，问题不难，一起来试试吧！

“五个小侦探”丛书是我们推出的诚意之作，在忠实于原著的基础上，力求为大家呈现原汁原味的情节。这套书打开了女作家布莱顿笔下的探险世界，希望能陪伴小朋友们走过一段幸福而有趣的时光，同时培养敢于斗智斗勇、乐于助人的美好品德。当然，这套书也同样献给永葆童心的大朋友们，愿你们也喜欢！

主要人物档案

“五个小侦探”中的大哥哥，沉着冷静而又机智过人，凡事总是站在前面，有勇有谋，敢想敢做

时而调皮，时而深沉，集体观念强，心思细腻

即乔治娜，古灵精怪的假小子，坚强而勇敢，喜欢冒险，脑瓜里有许多鬼点子

一个可爱的乖乖女，善良又温柔，喜欢过家家，也会流眼泪

乔治的宠物狗，高大威猛，善恶分明，总能救大家于危难之际

目　录 | Contents

第一章　写给乔治的信 //////////////////// 001

第二章　回到柯林雅舍 //////////////////// 011

第三章　去往柯林岛 ////////////////////// 023

第四章　昆丁叔叔在哪儿？ ////////////// 034

第五章　谜　团 ////////////////////////// 045

第六章　悬崖之上 //////////////////////// 058

第七章　口　角 ////////////////////////// 068

第八章　采石场 ////////////////////////// 078

第九章　乔治的发现——她生气了 ///// 088

第十章　出人意料的信号 //////////////// 100

第十一章　乔治的艰难抉择 ////////////// 111

第十二章　再查古地图 ////////////////// 121

第十三章　跟马丁共度下午时光 ///////// 131

第十四章　乔治震惊了 ////////////////// 143

第十五章　午　夜 ////////////////////// 153

第十六章　岩洞里 ////////////////////////////// 163
第十七章　终于找到提米 ////////////////////// 173
第十八章　凌晨四点半 ///////////////////////// 186
第十九章　遇到马丁 /////////////////////////// 195
第二十章　急急关头！ ////////////////////// 205
第二十一章　探险结束 /////////////////////// 215

译后记 /// 229
译名对照表 /// 237

第一章 写给乔治的信

在学校公共休息室的一个角落里，安正在写作业，这时堂姐乔治闯了进来。

乔治留着一头剪得很短的鬈发，她是女生，不是男生，虽然名叫乔治娜，但因为总想当男生，执意要别人称呼她乔治，大家伙就都叫她乔治了。她向安走来，明亮的蓝眸子闪烁着怒火。

“安！我刚收到家里的来信，你猜咋回事？我爸爸要住到我的岛上去，要在那里干一些特殊的工作，还要在城堡的院子里建一座什么塔之类的玩意儿。”

乔治朝她挥舞着来信，安伸手去接。其他女孩也都抬起头来，饶有兴致地看着乔治。大家都知道，乔治在柯林湾外有一座小岛，柯林岛很小，岛中心有一座破败的古堡，那里是野兔、海鸥和寒鸦的乐园。

岛上有地牢，乔治和堂兄妹曾到地牢里探过几次险，那种经历可谓惊心动魄。小岛原本归乔治的妈妈所有，后来妈妈把它送给了乔治。乔治将柯林岛视为珍宝，凡是跟小岛有关的事情，她都会产生过激的反应。小岛是她的，未经她的许可，谁也不能到岛上去住，就连登岛也不可以。

而现在，天哪，爸爸竟然要去她的小岛，甚至要在那里建一个什么工作室！乔治气得满脸通红。

“大人都这样：他们把东西送给你，然后那些东西好像始终还是归他们自己所有。我才不要老爸去我的岛上住，不要他在岛上建什么讨厌的、乌七八糟的工作室，啥都不行。”

“哎呀，乔治，要知道你爸爸可是著名的科学家，他需要一个宁静的工作环境，”安接过信，说道，“你当然可以把小岛借给他用一下，是吧？”

“可以让他安静工作的地方多的是。”乔治说，“哎呀，我多么希望复活节假期我们能去岛上住啊！跟以前一样，我们划船过去，带上吃的和所有的生活必需品。如果老爸真的去岛上，我们就去不了啦。”

安看了信，信是乔治的妈妈写的。

亲爱的乔治：

我想我必须马上把这个消息告诉你。你爸爸为了完成手头几项很重要的实验，打算去柯林岛小住一段时间。他得在岛上搭一个什么建筑——我想是塔之类的东西。很显然，他需要一个绝对宁静、与世隔绝的地方，而且，出于某种原因，需要四周有水。他的实验需要一个四周环水的环境。

宝贝，看到这里你可不要生气。我知道，你认为柯林岛完全归你所有，但你要允许家里的人一起享用，特别是在类似爸爸的科研工作需要用到它的重要时候。爸爸认为你一定会很乐意把小岛借给他，但我知道你对小岛有着特殊感情，所以我想我最好还是把这件事提前写信告诉你，别等你回家之后，才发现爸爸已经在岛上安顿下来，并且还把实验塔建好了。

信里还写了别的内容，但安没有必要再往下看。她看着乔治。

“好啦，乔治！你爸爸只是借用一下柯林岛而已，我不明白你为什么那么在乎！要是我有那么好的运气，有一座小岛的话，我是不会介意我爸爸借用它的！”

“你爸爸会先跟你商量，征得你的同意，看你会不会介意。”乔治悻悻地说，“我爸爸才不会这样呢，他向来都是我行我素，从来都不会考虑别人的感受。我觉得他应该亲自写信跟我说的。气死我了！”

“乔治，你真的很容易生气吔，”安笑着说，“不要这样凶巴巴地瞪着我，没得到你的恩准就借用你的宝岛的人又不是我。”

但乔治就是不肯给安一个笑脸。她把信拿过去，又看了一遍，一脸的沮丧。“你想想看，我所有美好的度假计划全都落空了！”她说道，“你知道复活节的时候柯林岛有多美吗？岛上开满了报春花、荆豆花，还能看到野兔宝宝。你、朱利安和狄克可以一起来岛上。去年暑假我们一起驾马车出去游览过一次，从那以后，我们就没再一起聚过了。”

“我知道。真不凑巧！”安说，“要是这个假期能去岛上住，那该多爽啊。不过，我们待在岛上，说不定你爸爸并不介意呢？我们不打搅他就是了。”

“瞧你说的，就好像和我老爸一起住在柯林岛上，跟咱们几个小伙伴独享小岛没有分别似的，”乔治轻蔑地说道，“你不知道那会多扫兴。”

喔，没错，安大致上也觉得，有昆丁叔叔在柯林

岛上，那就不好玩了。乔治的爸爸脾气火爆，性子急躁。他在做实验的时候可真让人受不了，一丁点声响都会让他暴跳如雷。

“啊，天哪！他要吼得多凶，才能让那些寒鸦和那些叽叽喳喳的海鸥保持安静啊！”安说完咯咯地笑了起来，“他会发现柯林岛并不像他想象的那样安静。”

乔治淡淡地笑了一下。她把信折起来，转过身去。“唉，我觉得他有些过分，”她说，“要是他事先征得了我的同意，我就不会觉得这么难受了。”

“他才不会呢！”安说，“他压根儿就想不到。好了，乔治，看在老天的分上，这事儿就到此为止吧，不要把今天余下的时间都用来想这些乱七八糟的事啦。到狗屋去把提米带过来吧，跟它在一起，你很快就会开心起来的。”

提摩西是一条身形很大的杂种狗，是乔治的爱犬，是她的心肝宝贝。狗狗长着一身乱蓬蓬的棕色长毛，尾巴长得离谱，还有一张看起来像在咧嘴笑的大嘴巴。四个小伙伴都很喜欢它，因为它是那么地友善讨喜，又是那么地伶俐逗趣。它跟兄妹四个一起经历过许多惊险奇遇，也在一起度过了许多美好时光。

乔治找提米去了。她就读的是寄宿学校，学校允

许孩子们带宠物，要不是这样，乔治是决不会去那里读书的！要让她跟提米分开，哪怕就一天，她都受不了。

乔治一走近狗屋，提米就兴奋得叫了起来。乔治脸上的阴霾一扫而光，笑容在脸上绽放开来。亲爱的提米，忠诚可靠的提米，它比任何人都更值得托付！提米总是站在乔治这一边，不管乔治做什么，它都像个好朋友一样对她不离不弃；而对提米来说，这世上也没有比乔治更棒的人儿了。

他们很快就来到了操场。穿过操场时，乔治像往常一样跟提米说话，把父亲借用柯林岛的事跟它说了。她说的每一个字，提米都表示赞同。它仔细聆听，仿佛乔治说的话它全都听懂了。就连一只野兔从它眼前箭一般飞蹿而过，它也没有离开女主人半步。乔治有心事的时候，提米总能感觉到。

提米时不时地轻轻舔她的手。乔治回到学校时觉得心情好多了。她偷偷把提米从侧门带进学校。学校不允许带狗进校舍，但乔治跟她父亲一个德行，常常是我行我素。

乔治迅速地把提米带进宿舍。提米疾步小跑着到床底躺下，尾巴轻轻地拍打着地板，一对棕色的眼睛闪烁着喜悦的光芒。提米明白这是什么意思，今晚乔

治需要自己待在她身边，要自己安慰她！熄灯后，它就可以跳到床上，蜷伏在乔治的腿弯边。它那双棕色的眸子闪着亮光。

“嘘，躺着，别出声。”乔治说完便走出宿舍，找其他女孩去了。她找到安，后者正忙着给寄宿学校的两个哥哥朱利安和狄克写信。

“我把柯林岛的事跟他们俩说了，说你爸爸要借用小岛。”安说，“乔治，放假我们不去柯林，你来跟我们住吧，怎么样？这样你就不会老是为你爸爸住你岛上的事生闷气了。”

“不了，多谢了，”乔治当即回绝，“我要回家。我要盯着老爸！我可不想让他的某个实验把柯林岛给炸了。你知道吗？他现在在搞爆炸物。”

“哦……是原子弹，或像原子弹一类的东西吗？”安问道。

“我不知道。”乔治答道，“不管怎么说，除了盯着老爸和我的小岛，我也该回柯林陪陪老妈了。如果老爸去岛上，家里就只剩老妈一个人了。我猜他会带上食物和所有的设备去岛上。”

“对了，有一个好处就是，如果你爸爸不在柯林雅舍，我们就不需要蹑手蹑脚走路，说话也不用轻声细

语了！”安说，“我们爱怎么闹就怎么闹。乔治，打起精神来！”

但是，乔治花了好长时间才把母亲来信所带给她的郁闷情绪排遣掉。即便有提米每天晚上睡在她的床上，也不能完全弥补她的失望。提米每天晚上陪她，但后来有一天被老师逮着了，老师大为光火。

这个学期过得飞快，一下子就临近期末了。四月来了，天空时而阳光明媚，时而大雨倾盆。复活节假期越来越近了！安想着柯林，想着那美丽的沙滩、蔚蓝的大海，想着那些小渔船，还有在悬崖边令人心旷神怡的漫步时光，心里乐滋滋的。

朱利安和狄克也非常想念姐妹俩。这个学期，兄弟俩和姐妹俩在同一天分别去了不同的学校。他们可以在伦敦会合，然后一起回柯林。多好呀！

这一天终于来了。宿舍走廊里堆满了行李箱。一些住得很近的学生被汽车接走了。校车缓缓驶来，把其他学生送到火车站。校园里处处洋溢着欢声笑语，根本就听不见老师在说什么。

“人家还以为这些孩子全都疯了呢。”其中有一个老师对另一个老师说道，“噢，谢天谢地，她们在上车了。乔治，你有必要以每小时六十英里的速度在走廊

上狂奔吗？还有提米，一直在狂叫，没完没了！”

“是的，有必要，有必要！”乔治大声喊道，“安，你在哪里？快点来啦，上车了。我把提米带来了，它知道现在放假了。快上车，提姆！”

校车把一路高歌的孩子们送到了火车站。她们一窝蜂似的上了火车。“这个座位是我的！谁拿了我的包？赫蒂，走开，你知道不能让你的狗和我的狗待在一起，它们会打得不可开交的。哇！站务员吹哨子了！火车出发喽！”

火车头缓缓驶出车站，后面是一排长长的车厢，车厢满载着放假回家的女生。火车驶过宁静的乡间，穿过小镇和村庄，最后终于进入烟雾缭绕的伦敦郊区。

“哥哥们的火车预计比我们的早到两分钟。”火车徐徐驶入伦敦火车站，安把头探出窗外，说道，“如果他们的火车准点，他们会来我们的站台接我们。看哪，乔治，瞧，他们在那儿呢！”

乔治也把头探出窗外。“嘿，朱利安！”她欢呼道，“我们在这里！嘿，狄克，朱利安！”

想想吧

1. 柯林岛现在归谁所有？

2. 提摩西长什么样？

3. 复活节时柯林岛开满了什么花？

第二章　回到柯林雅舍

朱利安、狄克、安、乔治和提米直奔火车站的茶室，在那里吃了点小圆甜饼，喝了点姜啤[①]。五个小伙伴又聚齐了，感觉真好啊！见到兄弟俩，提米简直乐疯了，老想跳到两人的腿上。

“喂，提米老兄，我很喜欢你，见到你真高兴，”狄克说，“不过，你已经两次打翻我的姜啤了，洒得我身上到处都是。乔治，它这学期表现好吗？”

“可好了。”乔治若有所思地说道，“安，是吧？我的意思是，食品橱的榫头只被它搞脱了一次；那只靠垫被它啃过但没啃坏；它和那些雨靴玩过一场老把戏，但那怪不得它，要怪就怪那些把雨靴扔得到处都是的人。”

① 一种汽水。

“我猜，那些雨靴遭殃了。”朱利安笑着说，“总而言之，提米，你的成绩报告单相当糟糕。我们取得好成绩，昆丁叔叔通常会奖励 25 便士，恐怕你是得不到这笔奖励喽。”

听朱利安提到自己的父亲，乔治绷起了脸。“我就说乔治还会露出嗔怒的样子。”狄克打趣道，“亲爱的乔治老妹，你要是一天不摆五六次臭脸，我们恐怕都认不出你了。”

“哎，她现在比以前好多了。”安急忙给乔治打圆场。被狄克取笑，乔治不像以往那么容易发火了。不过安知道，假期里乔治的爸爸占用了柯林岛，乔治一肚子的怒火一点就着，她可不想让乔治这么快就大发脾气！

朱利安看着堂妹。“嘿，老妹，你不会对柯林岛的事耿耿于怀吧？”他说，“你要明白，你爸爸是个聪明绝顶的人，是我们国家顶尖的科学家之一。我认为，这样的科学家在工作上就应该享有充分的自由。我的意思是，如果昆丁叔叔有特殊的理由要去柯林岛工作，你就应该高高兴兴地说：‘爸爸，你去吧！’”

听了这番说教，乔治显得有些不服气。但朱利安在她心中很有威望，通常朱利安说什么她都会听。朱

五个小伙伴又聚齐了，感觉真好啊！

利安的年纪比他们都大，他个子很高，目光坚毅，下巴结实，是个长相英俊的小伙子。乔治挠挠提米的头，低声说道：

“好吧，朱利安，我不会再为这件事生气了。但我真的很失望，我本来都计划好了的，准备一放假我们几个就去柯林岛。”

“唉！我们都有些失望啦。”朱利安说，“快把你的小圆甜饼吃了，打起精神来，老妹。我们还要穿过伦敦，去搭乘回柯林的火车。一不留神，我们可能就误车了。”

他们很快就坐上了开往柯林的火车。找搬运工和出租车这样的事，朱利安很在行。朱利安在车厢里给大家找到了靠角落的座位，安一脸崇拜地注视着大哥，朱利安办起事来确实很干练！

“朱利安，你看我长高了吗？”她问大哥，“我原来希望这学期末能长得跟乔治一样高，但她也长高了！”

“哎，我看你比上学期高了大概四分之一英寸。”朱利安答道，“安，你赶不上我们，你永远都是我们当中最小的一个！但我就是喜欢你的小样儿。”

“瞧瞧提米，它又把脑袋伸到窗户外面了！”狄克说道，“提米，你的眼睛会进沙子的，到时候乔治以为

你变瞎子了，会发疯的。”

“汪。”提米摇摇尾巴，应了一声。这就是提米的可人之处。你跟它说话时，它总能听懂，会及时做出回应，即便没有提到它的名字。

范妮婶婶赶着一辆两轮轻便马车来火车站接他们，此刻她正坐在小马车上。孩子们扑向她，大家可喜欢她了。她心地善良，温柔可亲，平时总是护着孩子们，尽量让她那位聪明绝顶但缺乏耐心的丈夫少找孩子们的碴儿。

“昆丁叔叔还好吧？”他们在小马车上坐好准备出发时，朱利安礼貌地问婶婶。

“非常好，”婶婶回答道，“他最近兴奋得很。说真的，我从没看见他这么激动过。他的实验进展得非常顺利。”

“我猜您也不清楚他最近在做什么实验，对吧？”狄克问。

“不清楚。他对我只字不提，”范妮婶婶回答道，“工作上的事他对我总是守口如瓶，但对他的那些同事例外。不过我知道这是一项非常重要的实验，当然啦，我还知道，实验的最后一个环节要在有深水环绕的地方完成。不要问我为什么要那样，我不知道！”

“快看啊！柯林岛！”安忽然喊了起来。他们转了一个弯，看见了海湾。神奇的小岛守卫着海湾口，岛上有一座颓败的古堡。阳光照在蓝莹莹的海面上，小岛显得分外迷人。

乔治满怀深情地注视着小岛。她用目光搜寻着父亲所说的为了实验而搭盖的建筑，鬼知道是什么样的建筑。大家都凝视着小岛，目光搜寻着同样的东西。

他们没费多大的劲就找到了！一座又细又高的塔从城堡的中心——也许是城堡的院子——拔地而起，很像一座灯塔。塔顶是玻璃房，在阳光下闪烁着光芒。

“哎呀，妈妈！我不喜欢这座塔，这座塔跟柯林岛很不搭！”乔治懊丧地说。

“宝贝，等爸爸做完实验，就会把塔拆掉的，”妈妈说，“这是一座临时的简易塔，很容易拆。爸爸向我保证过，他一做完实验就会把塔拆掉。他还说，如果你乐意，你可以过去看看。这塔真的很有意思。”

“噢……我想去看看，”安马上接话说，“这座塔看起来很奇特。范妮婶婶，昆丁叔叔是一个人在岛上吗？”

“是的，可我不想让他一个人孤零零地待在岛上，”婶婶回答道，“一方面，他肯定不会按时吃饭；另一方

面吧，我总担心他做实验时会出点什么岔子，他孤身一人，万一出点什么意外，我没法儿知道啊。”

“对了，范妮婶婶，可以让叔叔每天早晚给您发信号呀，是吧？”朱利安灵机一动，说道，“叔叔可以充分利用那座塔。早上，他可以用镜子给您反射一个信号——反射阳光报个平安；到了晚上，他可以用灯光给您发信号报平安。简单得很！”

“是的。我也跟他提过这样的建议。”婶婶说，“我跟他说过，明天我和你们一起去岛上看他。亲爱的朱利安，也许你可以说服你叔叔，让他给我发信号，他现在好像都听你的。”

“好极了！你的意思是，爸爸同意我们入侵他的秘密藏身地，同意我们实地参观他那座怪塔？”乔治惊讶地问道，“哼，我才不想去呢。毕竟，那是我的岛，看到别人霸占它，我心里很不爽。”

“哎呀，乔治，你又来了，”安叹了一口气，说，“你和你的岛！把它借给你的亲生父亲用一下都不可以吗？范妮婶婶啊，您真该看看她收到您的信时那副凶巴巴的样子，都把我吓坏了！”

除了乔治和她妈妈，大家都笑了起来。范妮婶婶看上去很苦恼。乔治总是那么难相处！她跟父亲找碴

儿、一次又一次地冒犯他——不过，老天爷啊，她横眉竖眼、勃然大怒、暴跳如雷的样子，跟他太像了，简直就是一个模子里倒出来的！要是乔治像三个堂兄妹一样性情温和、脾气随和，容易相处，那该多好啊！

乔治见母亲一脸的苦恼，不由得为自己感到害臊。她把手放到母亲的膝盖上，说："好了，妈妈！我不会再大发牢骚了。我会尽量控制自己的情绪，真的。我知道爸爸的工作很重要，明天我跟你去岛上看他。"

朱利安轻轻地拍了拍乔治的背。"好样的，乔治老妹！你真的学会了，不仅学会了让步，还学会了优雅地让步！乔治，你这样比以往任何时候都更像男生了。"

听了这话，乔治喜形于色，她喜欢朱利安说她像男生。但是安显得有点愤愤不平。

"这种事情，又不只是男生才能学会体面地让步，"她说，"很多女生也能做到。啊，我真希望我能做到！"

"天哪，又来了一个爱找碴儿的人！"范妮婶婶笑呵呵地说，"好了，大家都别争了，我们到柯林雅舍了。花园里开满了报春花，桂竹香刚刚长出来，还有这里那里探出头来的黄水仙，可好看了！"

没错，花园里的花儿争奇斗艳，好看极了。回家

真让人高兴，四个孩子和提米从前门拥入，乒里乓啷地冲进屋子，欣喜地发现老厨娘乔安娜也在家。放假了，她是来帮忙的。提米围着她撒欢儿，又是跳又是叫的。她摸摸提米，眉开眼笑地迎接孩子们。

“哎呀，嘍嘍！你们又长高了！朱利安，你块头好大啊——我得说比我高了。还有小安，哇！小安也长这么高了！”

当然啦，这话安爱听。朱利安回到前门帮着婶婶搬小马车里的小件包裹，行李箱子随后也拿进来了，朱利安和狄克一起把东西搬到楼上去。

安跟着他们一起上了楼，迫不及待地想看看她以前住过的卧室。哇，再次来到柯林雅舍做客真好啊！她朝窗外望去，从一扇窗户可以看到屋后的旷野，另一扇窗户从侧面则可以看到大海。真是美不胜收啊！真棒！她一边把东西从包里拿出来，一边哼起了小曲儿。

“嘿，”当狄克把乔治的包送进来时，她对狄克说，“知道吗，狄克，我真高兴昆丁叔叔去柯林岛了，尽管这意味着我们不能经常去岛上，但他不在家我觉得自在多了。他非常聪明，人也很好，但我总有点儿怕他。”

狄克笑了起来：“我倒是不怕他，不过我得说，我

们在这儿过节，如果他也在家里的话还真的有点让人扫兴。想想他孤身一人待在柯林岛，倒是挺有意思的。”

有一个声音传到楼上：“孩子们，下楼喝茶了，有刚出炉的热乎乎的烤饼，专门给你们烤的。”

“来了，范妮婶婶！”狄克答道，“安，快点，我饿坏了。朱利安，你听见了吗？范妮婶婶叫我们了。”

乔治上楼来接安，回到家里她可开心了。提米则忙着东嗅嗅西嗅嗅，要把家里的每一个角落都嗅遍。

“它总是这样！”乔治说，“就好像它觉得有哪张椅子或桌子闻起来跟以前气味不一样似的。提姆，快过来，该喝下午茶了！妈妈，爸爸不在家，提米可以坐在我旁边的地板上吗？它现在可听话了。”

“那好吧。”妈妈答应了。下午茶开始了。真丰盛啊！餐桌上的茶点看起来足够二十个人享用。乔安娜的厨艺真棒！为了这些点心，她一定忙活了一整天。不过，等五个小伙伴吃饱喝足的时候，也剩不下什么了！

想想吧

1. 孩子们取得好成绩时，昆丁叔叔会奖励多少便士？

2. 提米在学校表现好吗？它都损坏了什么东西？

第三章　去往柯林岛

第二天，天气晴朗，温暖怡人。“今天上午我们就可以去岛上，”范妮婶婶说，“我们得自己带上吃的，因为我敢肯定，昆丁叔叔十有八九已经把我们要去岛上的事给忘了。”

“爸爸在那里有小船吗？”乔治问道，“妈妈，他没把我的小船划去吧？”

“没划你的小船，宝贝，”妈妈回答，“他另外有一条小船。小岛周围都是危险的岩礁，要把小船从那里划进划出，恐怕他永远也搞不定。后面，他找了一个渔民把自己带过去，小船拖在渔船后面，所有的实验器材都装在渔船上。”

“那座塔是谁建的？”朱利安问道。

“噢，塔是他自己设计的，科技部派了几个人过去帮他安装，”范妮婶婶回答道，“实验塔是秘密搭建的。

本地的村民很好奇，但他们了解的并不比我多！本地人没有参与建设，只雇有几个渔民负责运送物料和工作人员到岛上之类的事情。”

“好神秘啊，”朱利安说，“昆丁叔叔的生活真刺激啊！我也要做一名科学家。我长大了要做一个真正有用的人，而不只是在办公室给别人打打杂，我要闯出自己的一片天地。”

“我觉得我可以当医生。”狄克说。

“我去把小船准备好。”乔治说道。她一听这样的谈话就烦。她知道自己长大了要干什么，那就是跟提米一起住在柯林岛上。

范妮婶婶做了很多吃的东西，准备带到岛上去。她盼着此次出行，因为她有好几天没见到丈夫了，迫不及待地想知道他是否平安无恙。

朱利安提着装食物的袋子，大家一起来到了沙滩上。乔治已经准备好小船，在等候大家的到来。她的朋友詹姆斯也在那里，詹姆斯是个小渔民，正准备帮忙把船推到海里。

詹姆斯对孩子们笑了笑，他跟孩子们都很熟。他帮乔治养过提米，当时乔治的父亲说要把狗送人。詹姆斯对提米的好，乔治一直记在心上，每逢放假她都

会去看他。

“你们准备去岛上吗？”詹姆斯问道，“岛中央那个东西真奇怪啊！看起来像灯塔。扶住我的手，我带你到船上。”

安扶住詹姆斯的手跳上小船。乔治和提米已经上去了。大家很快就坐好了。朱利安和乔治拿着桨，负责划船。詹姆斯猛力一推，把他们推到了水面上。海面风平浪静，海水清澈见底，海底的每一块石头，安都能看得一清二楚！

朱利安和乔治使劲划桨，小船如离弦之箭。乔治唱起了划船号子，大家也跟着唱了起来。再次划船出海真是太美妙了。假期啊，请你放慢脚步，不要走得那么快！

小船离柯林岛越来越近了。“乔治，你会留神这些可怕的礁石，对吧？今天海水太清澈了，所有的礁石我都看得一清二楚，有些礁石就在海水下面。”乔治的母亲紧张地说。

“放心吧，妈妈！你知道我划船去柯林岛已经好几百次了！”乔治笑着说，“我绝不可能触礁！这里的每一块礁石我都认得，真的。现在我差不多都可以蒙着眼睛划到岛上去了。”

岛上只有一个地方可以让小船安全靠岸，那是一个小海湾，一个天然的、一直延伸到沙滩上的小港湾，高耸的岩石环抱着它，形成一道天然屏障。乔治和朱利安把船划到小岛东边，绕过一面低矮锋利的岩壁后，进入小海湾。一阵阵平静的海浪向岸边涌去，轻拍着港湾。

朱利安和乔治划船时，安一直凝望着小岛。颓败的古柯林城堡依然像从前一样耸立在岛的中央，城堡上那座摇摇欲坠的尖塔里也像以往一样栖满了寒鸦，古旧的围墙上爬满了常春藤。

“这个地方真美！”安发出感叹。说完她凝视着此刻正屹立在城堡院子中央的那座奇怪的塔。实验塔不是砖砌的，而是由一些光亮的材料一块块拼装起来的。很显然，用这些材料来建塔，是因为它们方便运送，易于拼装。

“真是不可思议啊！”狄克说，“看塔顶那个小玻璃房，真像个瞭望台！我很好奇那是干什么用的。”

“能从实验塔里面爬上去吗？”狄克转过头问范妮婶婶。

“能上去。塔里面有狭窄的螺旋梯，除此以外什么也没有。”婶婶说，“塔顶的小屋很重要，屋里有一些

不同寻常的线路，那些线路对叔叔的实验很关键。我想他不会用这座塔来做别的什么，实验塔专门为实验而建，对他正在做的实验会产生某种特定的影响。”

婶婶说的这些在安看来太复杂了，她听不懂。“我想到塔上去看看。”她说。

“这个嘛，叔叔应该会让你上去的。”婶婶说。

“如果他心情很好的话。”乔治说。

“好啦，乔治，不许这样说你爸爸。”妈妈说。

小船驶进小港湾，船下是柔软的沙子。已经有条小船搁在那儿了，那是昆丁叔叔的。

乔治和朱利安从船上跳了下去，把小船往沙滩上拖了一段路，这样其他人下船时就不会踩湿脚。大家都下了船，提米欢快地往海滩上跑去。

“嘿，提米！”乔治发出警告，提米回过头，朝女主人投来绝望的眼神。它只是去看看有没有野兔，她肯定不会阻拦吧？只是看一看！看一眼都不行吗？

啊！那儿有一只野兔！还有一只！还有一只……它们悠闲自在地蹲在那里，望着从岸边走过来的这群不速之客。它们一动不动地蹲着，时不时地摇摇耳朵，抽抽鼻子。

“嗬，它们跟以往一样温顺呢！”安高兴地说，

“范妮婶婶，这些野兔真可爱啊！看那只兔宝宝，它在洗脸呢！”

大家停下脚步，观赏起野兔来。这些野兔温顺得令人吃惊。那时很少有人来柯林岛，野兔不受外界干扰，安安静静地繁衍生息，它们爱到哪里就到哪里，不怕生人。

“啊！那只野兔……”狄克话音未落，惊人的一幕就发生了。只让提米看一看而不做点什么，那太难为它了，突然之间它控制不住自己，蹦蹦跳跳地向兔群跑去。受惊的野兔一只接一只地逃回兔窟，眨眼之间，除了上下舞动的白色短尾巴，什么也看不见了。

“提米！”乔治气得大叫起来。提米耷拉着尾巴，可怜巴巴地回头望着乔治。“喊什么喊啊！”它好像在说，“跟兔子一起蹦跶一下也不行吗？您这个女主人真是铁石心肠啊！”

“昆丁叔叔在哪儿？”大家走到宽大的破拱门边时，安问道。拱门通向古堡的入口，门后有一座石阶通向城堡中心。石阶已经破烂残缺，范妮婶婶小心翼翼地走在上面，生怕摔跤。但孩子们脚上穿的是胶底鞋，他们飞也似的从石阶上跑过。

他们穿过一扇破旧的门，来到一个看起来像大院

子的地方。院子的地面原本铺了石板，但现在大部分石板被沙子和茂密的杂草覆盖了。

城堡原来有两座塔，一座几乎损毁殆尽，另一座保存较好。寒鸦绕着这座塔盘旋，飞过孩子们的头顶，呱呱呱地大声叫着。

“我猜你爸爸住的是那个又小又旧的房间，那个房间有两扇狭长的窗子，”狄克对乔治说，“那是城堡里唯一可以为他遮风挡雨的地方。除了那个房间，别的地方都成废墟了。我们在那里住过一个晚上，你还记得吗？”

“记得，”乔治说，“真好玩。我猜老爸就住在那儿，这儿没有别的地方可住了，除非他住在地牢里！”

“唔，肯定没人愿意住在地牢里，除非万不得已！”朱利安说，“地牢里又黑又冷。乔治，你爸爸在哪儿呢？到处都找遍了，人影也没看见一个。”

“妈妈，爸爸会在哪儿呢？他的工作室在哪儿？在那间老屋子吗？”乔治指着那个小房间，问道。小房间的墙面和屋顶都是石砌的，房间里很阴暗。很久以前人们住过的这所房子，现在只剩这么一个房间了，从城堡的一段残壁里凸了出来。

“啊呀，说真的，我不太清楚，”妈妈回答，“我猜

他在那边工作吧。他总是在小海湾那里跟我碰头，我们只是坐在沙滩上野餐，说说话。他好像不大乐意我在岛上转悠。”

“我们大声喊他吧。”狄克提议。于是他们大声呼喊起来：

“昆——丁叔叔！昆——丁叔叔！您在哪儿？”

寒鸦被吓得扑腾扑腾地飞了起来。在一堵断壁上栖息的海鸥也受惊飞起，一边“欧欧、欧欧、欧欧”地叫个不停。所有的野兔转眼之间消失得无影无踪。

昆丁叔叔没出现。于是他们又大声喊了起来：

“昆丁叔叔！您在哪儿？”

“太吵了！”范妮婶婶捂着耳朵说，“我想乔安娜在家里都能听到你们的叫喊声。天哪，你们的叔叔呢？真讨厌，我告诉过他今天要带你们来岛上的。”

“呃，他一定在岛上的某个地方。”朱利安兴高采烈地说，“穆罕默德不肯向大山走来，大山只好向穆罕默德走去。[1]我想他是看书或者做什么事入迷了吧。我们找他去吧。”

“我们去那个小黑屋找找。”安提议。于是大家穿

① 英语谚语，正确的说法是：大山不肯向穆罕默德走来，穆罕默德只好向大山走去。

过石门，来到一个阴暗的小房间，小房间只有两扇狭长的窗子采光。房间尽头有一个壁龛，壁龛嵌进厚厚的石墙里，原先这里是壁炉。

“他不在这儿，”朱利安惊讶地说，“而且，这里什么东西也没有！没有食物、没有衣服、没有书、没有任何储备的物品。这里不是他的工作室，也不是他储藏物资的地方！”

“那他一定在地牢里，”狄克说，“也许他的实验需要到地下去完成——需要有水环绕！我们去找地牢口吧，我们都知道地牢口在哪里——离那口古井不远，就在院子中央。”

“对，他一定在地牢里。范妮婶婶，对不对？”安说，“您要跟我们一起下去吗？”

“哦，我不去了，”婶婶说，“我可受不了那些地牢。我要坐在这外面有阳光的地方，在这个背阴的角落里，把三明治拿出来。快到吃午饭的时间了。”

“好啊。”说完，大家朝地牢口走去，满以为会看到盖住地牢口的那块大石板立在一旁，这样他们就可以顺着台阶进入地下。

但他们发现石板平躺在那里。朱利安准备拉上面的铁环把石板揭开时，发现有点儿不对劲。

“瞧，”他说，“石板边缘长满了杂草，说明已经好久没人动过石板了。昆丁叔叔不在地牢里！”

“那么，他在哪儿呢？”狄克问道，“他有可能在哪儿呢？”

想想吧

1. 乔治的爸爸是怎么去柯林岛的？

2. 岛上的实验塔是谁设计的？是谁建的？

3. 岛上的城堡原来有几座塔？

第四章　昆丁叔叔在哪儿？

四个孩子盯着脚下的大石板，石板盖住了通往地牢的入口。提米在他们腿边嗅来嗅去。朱利安说的一点也没错，大石板有好几个月都没人动过了，因为石板的边缘长满了杂草，杂草细小的根须伸进了每一个缝隙。

“下面没人，”朱利安说，“我们没有必要揭开石板下去了。如果石板最近被搬动过，杂草会跟着被扯起来的。”

“而且，我们知道，一旦石板把地牢口盖住，谁也没法从地牢里出来，”狄克说，“石板太重了，昆丁叔叔不会傻到把自己关在地牢里！如果他在下面，他会让洞口开着的。”

“那当然，”安说，“好吧，那么，他不在地牢里，他一定在别的什么地方。”

“但是，在哪儿呢？”乔治问道，“这只是一座小岛，岛上的每一个角落我们都非常熟悉。对了，他会不会在我们躲藏过的那个岩洞里？那是岛上唯一的岩洞。”

“对哦，有可能，”朱利安说，“但我还是有疑问。我觉得昆丁叔叔不会从岩顶的洞口用绳子把自己吊进洞里——不从岸边的礁岩攀爬的话，这是进岩洞唯一的办法；可是从岸边的礁岩攀爬的话很费时间，我觉得他也不会干这种事。”

他们朝城堡的反方向走去，来到小岛的另一端。这里有个岩洞，他们曾在这里住过。岩洞面朝大海的那一边可以进去，但正如朱利安所说，要翻过滑溜溜的岩礁进岩洞很困难。当然，也可以从岩顶的洞口吊一根绳子到岩洞地面，顺着绳子爬下去。

他们找到岩洞口，洞口被老欧石楠遮掉了半边。朱利安伸手探了探，绳子还在。“我滑下去看看。”他说。

他顺着绳子滑了下去。绳子上间隔着打了很多结，这样他的脚就可以踩着绳结，以免滑得太快磨伤了手。

他一下子就滑到了洞里。借着从靠海的方向透进

来的微弱光线，朱利安迅速扫了一眼四周，除了一个旧盒子，洞里绝对没有任何物品。那个旧盒子肯定是上一次他们自己落下的。

他又顺着绳子往上爬，脑袋忽地从洞口探了出来。狄克拉了他一把。

“怎么样？”他问，“有昆丁叔叔的踪迹吗？”

“没有，”朱利安说，“他不在岩洞里，依我看，他也没来过岩洞。这真是个谜！他到底在哪里呢？如果他真的在干重要的工作，他所有的设备都在哪儿呢？我的意思是，我们知道送了很多东西过来，因为范妮婶婶是这么跟我们说的。”

“你觉得他会在塔里吗？”安突然问道，“他有可能在塔顶的玻璃房里。”

“这个嘛，如果在塔顶的玻璃房里，他第一眼就已经看到我们了！”朱利安不以为然地说，“而且也会听到我们的叫喊声！不过，我们还是去看看吧。”

于是，他们回到城堡，往那座奇怪的实验塔走去。见孩子们回来，范妮婶婶喊道：“午餐准备好了，过来吃饭吧。我想叔叔会出来的。”

“可是，范妮婶婶，他到底在哪儿？”安一脸困惑地问道，“我们把该找的地方都找遍了！”

范妮婶婶没孩子们那么了解小岛，她以为岛上有很多地方可以住人，可以工作。“不着急，”她一脸的安然，“晚点他会出来的。你们快过来吃饭吧。”

“我们觉得应该到塔上去看一看，”朱利安说，“万一他在塔上工作呢？”

四个孩子和提米来到城堡的院子，实验塔就是从这里竖起来的。他们用手抚摸塔身光滑、闪亮的扣板，扣板顺着齿线扣在一起。“这些扣板是用什么材料做的呀？”狄克问道。

“我猜是某种新型塑料吧，”朱利安回答，“这种塑材轻便结实，容易拼装。”

“恐怕一阵大风就能把实验塔刮倒。”乔治说。

“没错，我也这么认为。”狄克附和道，“瞧，门在这儿呢。”

门很小，呈拱形。锁眼里有一把钥匙。朱利安转动钥匙，把门打开。门是朝外，而不是朝里开的。朱利安探头进去打量四周。

实验塔里空间很小，有一部向上旋转的螺旋梯。跟塔身一样，螺旋梯也是用锃光瓦亮的材料建成的。螺旋梯的一边有些空间，里面挂了一些奇怪的钩状的东西，这些钩子看起来像是钢材做的。电线从一个钩

子连到另一个钩子。

“最好不要碰那些电线。”朱利安好奇地看着电线，说道，“天哪！这就像童话故事里的宝塔。走吧，我要上楼梯去塔顶。”

说完他开始顺着笔陡的螺旋梯往上爬。他转了一圈又一圈，直转得头晕目眩。

大家跟着他往上爬。塔身这里那里安装了许多狭小的、往一侧而不是往下开的窗户，楼梯可以通过那些小窗户采到一点光。朱利安贴着一扇窗户往外望去，看到了美丽的大海和壮观的陆地。

他继续往上爬到塔顶，来到一个小圆屋，小屋的墙面由亮闪闪的厚玻璃建成。电线穿过玻璃，线头在塔外的大风中摇曳，熠熠闪光。

小屋内空无一物！毫无疑问，昆丁叔叔不在这里。很明显，建这座塔，只是为了把电线通过那些钩子牵引到塔顶上。电线在塔顶穿过那些奇怪的、厚厚的玻璃，暴露在空气中。这些电线是做什么用的？在捕捉某种无线电波吗？这跟雷达有关吗？这座塔和这些纤细、闪亮的电线到底是用来干什么的呢？朱利安眉头紧锁，百思不解。

大家挤进小屋。提米费了老鼻子劲，也从螺旋梯

爬了上来。

“我的天啊！这里好奇怪啊！”乔治说，“天哪！这里的景色真壮观啊！从这边能看到好几英里宽的海面；从另一边可以看到海湾后面好几英里宽的大陆和远处的丘陵。”

“对，美呆了，”安说，“但是，昆丁叔叔在哪儿呢？我们还没找到他呢。我觉得他在岛上。”

“嗯，他的小船停在小海湾呢，”乔治说，“我们看见过。”

“那么，他一定在岛上的某个地方，”狄克说，“但是，他既不在城堡里，也不在地牢里；既不在岩洞里，也不在塔上。这一定是天下第一难解的谜团。”

“一个‘失踪的叔叔’。他到底在哪儿呢？”朱利安问道，“瞧，范妮婶婶还在等着我们下去吃午饭呢。我们最好下去吧，她在向我们招手呢。”

“我要下去，”安说，“在这个小玻璃屋里我都快被挤扁了。嘿，刚才那阵狂风吹过的时候，你们有没有感觉到塔身都要被刮跑了？趁着整座塔还没被刮翻，我得赶紧下去！”

说完，她扶着螺旋梯边的小扶手往下走去。楼梯很陡，她生怕从上面摔下去。提米从她身边挤过时，

她真的差点就摔倒了。而提米才挤过去，旋即消失不见了。

大家迅速下到了塔底，朱利安重新把门锁上。“如果把钥匙留在锁眼里，锁门也没有什么意义，”他说，“不过，还是锁上的好。”

他们朝范妮婶婶走过去。“哎呀，我还以为你们永远也不会下来了呢！”她说，“你们在塔上看到了什么有意思的东西吗？”

“只是看到了美丽的风景，”安说，“塔上的风景真壮观。但我们没找到昆丁叔叔。真是不可思议，范妮婶婶。我们确实把岛上的每一个角落都找遍了，但他就是不在岛上。”

“可是他的小船停在小海湾呢，”狄克说，“所以，他不可能离开小岛。”

“是啊，听起来确实很奇怪，”范妮婶婶一边说，一边分发三明治，“不过你们不像我那么了解叔叔。他总是会毫发无损地出现在大家面前的。他忘了今天我要带你们过来看他，要不然他就到这里来了。既然如此，如果他完全忘记了你们要来，我们有可能就见不到他了。如果他想起来了，就会突然冒出来。”

“但是，从哪里冒出来呢？”狄克嘴里嚼着罐头肉

三明治，问道，“范妮婶婶，他在玩失踪方面可真是高手。”

“好啦，我敢打包票，等他来的时候，你们就会看见他是从哪里冒出来的。”范妮婶婶说，“乔治，再来一个三明治吗？不，不是你，提米。你已经吃了三个了。哎呀，乔治，不要让提米把嘴巴伸到那个碟子里。”

“妈妈，它也饿了嘛。”乔治说。

“好啦，我给它带了狗饼干。”妈妈说。

“哎呀，妈妈！有三明治吃，提米哪里还愿意吃狗饼干嘛，”乔治说，“啥吃的都没有并且饿得要命的时候，它才会吃狗饼干。”

他们坐在四月暖融融的阳光下，狼吞虎咽地享用午餐，喝着冰爽可口的橙汁汽水。提米记得一块岩石，岩石上有个小水槽，里面蓄了雨水，它漫步到那块岩石边，大家听到它在那儿舔水喝。

“它的记性真不赖！”乔治骄傲地说，“它已经很长时间没来这里了，但口渴时马上就想到那里有个水槽。”

“真奇怪，提米居然没找到昆丁叔叔！”狄克突然说，“我是说，我们到处寻找，以为快找到他的时候，提米应该汪汪地叫或者呼呼地刨着什么的，但它什么

反应也没有。”

“到处都找不到爸爸，我觉得很蹊跷，”乔治说，“真的，妈妈，我不明白你怎么还能这么淡定。”

“好啦，宝贝，我刚才已经说过了，我比你更了解爸爸，”妈妈说，“他会在他合适的时间出现的。啊，我记得有一次他在切达[1]的钟乳石岩洞里工作，消失了一个多星期，但他做完实验后就安然无恙地出来了。”

“真奇怪。”安刚开口，就突然打住了。他们听到一阵奇怪的声音——一阵雷鸣般的怒吼声，就像一条躲在某个地方的巨犬在愤怒地咆哮。接着，从塔上传来一阵咝咝声，所有在塔顶摇曳的电线突然亮了，就像被闪电点亮了似的。

“瞧，我知道你爸爸就在附近，”乔治妈妈说，“之前我来这里时也听到过这种声音，但我搞不清响声是从哪里传来的。”

“这响声到底来自哪里呢？”狄克问道，“听起来好像就在我们脚下，但是不可能啊。哎呀，好神秘啊。”

响声听不见了，他们各自吃完了中间夹了果酱的

① 英国西南部的一个小村镇，以生产切达奶酪而闻名。

小圆甜饼。这时安尖叫了一声，把大家吓了一大跳。

“看！昆丁叔叔！他站在那儿，离实验塔不远。他在看寒鸦！他到底是从哪儿冒出来的呀？”

想想吧

1. 朱利安凭什么断定昆丁叔叔不在地牢里？

2. 实验塔的塔身装了一些小巧狭长的窗户，是为了美观吗？

3. 乔治的爸爸在切达的钟乳石岩洞里工作时消失了多长时间？

第五章　谜　团

大家都盯着昆丁叔叔。他就在那里，双手插进口袋，正专心致志地看着寒鸦，没发现自己的妻子和孩子们。

提米一跃而起，汪汪叫着向乔治的爸爸奔去。昆丁叔叔吓了一大跳，他转过身来，先看见提米，接着发现大家全都一脸惊讶地盯着他。

看到大家，昆丁叔叔并没有显出喜出望外的神情。他微蹙眉头，慢悠悠地朝他们走过来。“这可是个惊喜啊，”他说，“我没想到你们今天都会过来。”

“哎呀，昆丁！”他的妻子以责备的口吻说，“我在你的日记本上写过了，你知道的。”

“是吗？糟糕！你走了以后，我都没看日记本呢，难怪我忘了。”昆丁叔叔有点不悦地说。他亲了亲妻子、乔治和安，跟两个男孩握了握手。

“昆丁叔叔，您是从哪里出来的？”狄克被好奇心攫住，“我们找了您很久呢。”

“呃，我在工作室里。”昆丁叔叔含糊地回答。

“哦，可是您的工作室在哪儿呢？”狄克刨根问底，“老实说，叔叔，我们想象不出您把自己藏在哪里了。我们还爬到了塔上，看您是不是在塔顶那个奇特的玻璃房里。”

“什么！”叔叔勃然大怒，“你们居然敢到塔上去？那里很危险！我刚完成一项实验，塔上所有的电线都跟我的实验器材连在一起。”

“对，我们发现了，电线的反应有点奇怪。”朱利安说。

“你们就不该跑到这里来干扰我的工作，”叔叔看上去依然很生气，“你们是怎么进去的？我把门锁上了的。”

“对，门锁得好好的，”朱利安说，“但是您把钥匙留在锁眼里了，您瞧，叔叔——所以我以为没关系，如果……”

“哦，原来钥匙在锁眼里呢！”叔叔说，“我还以为我把钥匙弄丢了。好啦，以后再也不许到塔上去了，告诉你们，塔里很危险。”

“昆丁叔叔，您还没告诉我们您的工作室在哪里呢，”狄克还不死心，“我们想象不出您陡然间是从哪里冒出来的。”

“我告诉他们你会出现的，昆丁。”妻子说，“你看起来瘦了一点，亲爱的。一日三餐都按时吃了吗？你知道，我给你留了很多味道鲜美的汤，热一下就可以喝的。”

“是吗？”丈夫说，“喔，不知道我喝了没有。我工作的时候就顾不上吃饭了。如果没人再吃的话，现在我要吃点三明治。”

他狼吞虎咽地吃起三明治来，干掉了一个又一个，像是饿坏了。范妮婶婶心疼地看着他。

“哎呀，昆丁，你饿坏了吧。我要到岛上来，跟你在一起，照顾你！”

这几句话让她丈夫警觉了起来。“你不要来！谁也不许到这里来，你们不能干扰我的工作。我的研究很快会取得一项极其重大的发现。”

“是不是一项前无古人的发现？”安静大眼睛，崇拜地望着叔叔。昆丁叔叔真是聪明过人啊！

“这个嘛，我不是很确定，”昆丁叔叔一边说，一边一下子拿起两个三明治，“这也是我来岛上的部分原

因，当然我也需要一个四周有水的地方。我感觉有人知道了一些不该知道的东西。不过，他们来不了，除非有人给他们带路，否则他们没法儿穿越那些环绕岛屿的岩礁。只有几个渔民认得航线，但是他们接到禁令，不得带任何人上岛。乔治，我想除他们之外，你是唯一认得航线的人了。”

“昆丁叔叔，请您一定告诉我们您的工作室在哪儿。”狄克恳求道。他非要解开谜团，感觉一刻也等不了了。

“不要老是打扰叔叔，”婶婶不高兴地说，“让他好好吃午饭，他好久没吃过东西了！”

“好吧。可是，范妮婶婶，我……”狄克刚开口，就被叔叔打断了。

“听婶婶的话，小伙子。我不想被你们当中的任何人打扰。我在哪里工作又有什么关系呢？”

“嗯，确实一点关系也没有，”狄克急忙说，“我只是很好奇，很想知道。您瞧，我们到处找您。”

“那就说明你们不像你们自己以为的那么聪明。”昆丁叔叔一边说，一边伸手拿了一块果酱夹心圆甜饼。“乔治，把你的狗从我身边弄走。它老是在我脖子下哈气，指望着我给它一点吃的。我不允许吃饭的时

候喂它。”

乔治把提米牵走。母亲看着父亲狼吞虎咽地吃完剩下的食物。她留着准备在下午茶时享用的三明治大部分都被他消灭了。可怜的昆丁，他该有多饿呀！

“昆丁，你觉得你在这里没有危险，对吧？”她问道，“我的意思是，你认为不会有人到这里来窥探你，对吧？他们曾经这么干过。”

“不会，他们怎么来得了？”她的丈夫反问道，“飞机没法在岛上着陆；小船没法穿越那些岩礁，除非有人认得航线；人是没法游过来的，岩礁周边的水域太凶险了。”

“朱利安，你试试看，能不能让叔叔答应早晚给我发信号，”婶婶转向大侄儿，“我还是很担心他。”

朱利安颇有男子汉气概地跟叔叔对话：“叔叔，每天给婶婶发两次信号对您来说不是很麻烦，对吧？”

“昆丁，如果你不给我发信号，我就每天过来看你。”婶婶说。

“有可能我们也跟着来哦。”安调皮地说。这个主意让叔叔显得很惊愕。

“好吧，我早上和晚上到塔顶时可以发信号，”他说，“我每隔 12 个小时要到塔顶重新调整电线，到

时候我可以发信号。可以定在上午十点半和晚上十点半。”

“您怎么发信号？”朱利安问，“上午用镜子反射阳光吗？”

“对，这个主意不错，”叔叔说，“这个很容易办到。晚上我用手提灯，在十点半，闪六下。这样的话，也许你们都知道我平安无事，就不会过来打扰我了！但今晚别指望我发信号，我从明天上午开始。”

“喔，亲爱的昆丁，听你的口气，这会儿你的火气又上来了，”他的妻子说，“我只是不想让你一个人留在岛上。你看起来又消瘦又疲惫，你肯定没……”

昆丁叔叔沉下脸来，就跟有时候乔治拉着一张臭脸时一模一样。他看了看手表。“好啦，我得走了，”他说，“又该干活去了。我送你们到小船那里。”

“爸爸，我们还想待一会儿，我们打算在这里喝下午茶。”乔治说。

“不行，我不同意，”她的爸爸说完站起来，“走吧，我送你们上小船。”

“可是，老爸，我好久没到我的岛上来了！”乔治愤怒地说，“我想在这儿多待一会儿，我想不明白为什么不行。”

“好啦，我的工作已经被打断好几次了，”父亲说，“我要继续工作了。”

“昆丁叔叔，我们不会打扰您的。”狄克说。狄克还是很好奇，想知道叔叔的工作室到底在哪里。为什么叔叔不肯告诉他们？他只是生气了，还是他压根儿不想让他们知道？

昆丁叔叔毫不留情地把他们赶到小海湾。很明显，他想要他们走人，赶紧走人。

“昆丁，我们什么时候再过来看你呢？”他妻子问道。

“等我叫你们来的时候，”丈夫回答道，“我手头的工作很快就可以完成啦。啊哈，那条狗终于逮着了一只野兔！”

“嘿，提米！”乔治窘促地大声喊道。提米放下它好不容易逮住的兔子。野兔没有受伤，蹦蹦跳跳地逃走了。提米朝女主人走来，显得很不安。

“坏狗狗，我的视线离开你才半秒钟！没门儿，这样舔我的手也没用！我生气了！”

大家来到小船边。“我来把小船推出去，”朱利安说，“大家都上船。好啦，再见啦，昆丁叔叔。祝您工作顺利。”

大家上了小船。提米想要把脑袋搁在乔治的膝盖上，但乔治把它的脑袋推开了。

“唔，别这样对它，原谅它吧，”安央求道，“你看它想哭的样子。”

“准备好了吗？”朱利安大声喊道，“乔治，你拿好桨了吗？狄克，你拿好另一对桨。”

朱利安猛地把小船推了出去，自己也跳上小船。他将双手拢在嘴边，喊道：“别忘了发信号！我们早晚都会留意的！”

“如果你忘了，第二天我就过来！”范妮婶婶大声喊道。

小船平稳地驶出小港湾，看不见昆丁叔叔了。小船接着绕过低矮的岩壁，很快就来到了开阔的海面。

“朱，等我们绕过这些岩礁，你留点神，看看能不能弄清楚昆丁叔叔的位置，”狄克说，“看看他往哪个方向走。”

朱利安试着寻找叔叔，但那里的岩礁正好挡住了小海湾，根本看不到他的踪影。

“为什么他不让我们留在岛上？因为他不想让我们知道他的藏身处！”狄克说，“为什么他不想让我们知道？因为那个地方连我们也不知道！”

提米想要把脑袋搁在乔治的膝盖上，但乔治把它的脑袋推开了

“可是，我还以为我们对岛上的每一个角落都了如指掌呢。”乔治说，“如果有个地方连我都不知道，而老爸又不肯告诉我，那我觉得他也太小气了。我想不出那个我不知道的地方在哪里！”

提米又把脑袋搁到乔治的膝盖上。乔治正专心致志地琢磨着父亲的藏身处在哪里，她漫不经心地抚摩起提米的脑袋来。提米欣喜若狂，充满爱意地舔起乔治的手指来。

“哎呀，提米，我并不想一直跟你生气啊，”乔治说，“不要舔我的手了。你把我的手舔得湿答答的，恶心死了。狄克，这真神秘啊！老爸藏在哪里呢？”

“我想不出来。”狄克说完回头看了看小岛，一群寒鸦猛地飞上天空，呱呱呱地大声叫着！

狄克望着寒鸦。是什么惊扰了它们？是昆丁叔叔吗？那么，他藏身的地方有可能在寒鸦筑巢的那个旧塔附近喽？而且，寒鸦经常无缘无故成群结队地飞上天空。

“那些寒鸦叽叽呱呱的，”他说，“也许叔叔藏身的地方离寒鸦的栖息处不远，就在那座塔旁边。”

“不可能，”朱利安回答，“我们今天在那座塔周边找过了。”

“唉！这真是个谜，”乔治沮丧地说，“我觉得很讨厌，居然有一个跟自己的小岛相关的谜，而且老爸不许我们探秘，不许解谜。真是太糟糕了！”

想想吧

1. 昆丁叔叔把上实验塔的钥匙遗忘在哪里了？

2. 昆丁叔叔为什么要去岛上做实验？

3. 昆丁叔叔答应怎么给家人发信号报平安？

第六章　悬崖之上

第二天下雨。四个孩子穿上雨衣，戴上宽边雨帽，带着提米出去溜达溜达。他们从不在乎天气的好坏。实际上，朱利安说他就喜欢风雨吹打在脸上的感觉。

“我们忘了，如果没有太阳，昆丁叔叔没法儿反射阳光给我们发信号啊！”狄克说，“你们觉得他会找到替代的办法吗？”

“才不会呢，”乔治说，“他才懒得费那个神呢。他肯定认为我们大惊小怪。我们得等到晚上十点半，看他是不是会发信号。”

“嘿！今天晚上我可以等到十点半再睡觉吗？”安开心地问道。

“恐怕不行，”狄克说，“我想，我跟朱利安会等到那个时候，但你们小孩子得睡觉去！”

乔治打了他一拳。“不要叫我们‘小孩子’！现在

我跟你差不多一样高了。”

“现在没必要等到十点半钟看叔叔会不会想办法给我们发信号，对吧？”安问道，“我们到悬崖上去吧，那里风很大，很舒服。提米会喜欢的。我喜欢看它迎风奔跑时耳朵被风吹得服服帖帖的样子！”

“汪。”提米叫了一声。

“它说它也喜欢看到你的耳朵被风吹得服服帖帖的样子。”朱利安一本正经地说。安尖声大笑。

“朱，你真是大傻帽！走吧，我们走悬崖边的小路吧！”

他们爬上悬崖顶，那里的风确实很大，安的宽边雨帽被风刮到了脑后。雨水打在脸颊上痛得很，打得他们直喘气。

“我看我们一定是今天早上唯一出门的人了！”乔治喘着气说。

“呵呵，你错了，”朱利安说，“有两个人正朝我们走过来呢！”

没错，有一个男人和一个男孩。跟孩子们一样，他们都穿着雨衣和高筒橡胶雨靴，戴着宽边雨帽。

两人走过时，孩子们扫了他们一眼。男子身材高大，体格健壮，眉毛又长又凌乱，嘴角透着坚毅。男

孩约莫十六岁，也是又高又壮。人长得不难看，但脸色相当阴郁。

“早上好！”男子朝孩子们点头打招呼。“早上好！”四个孩子异口同声地做出礼貌的回应。男子目光锐利地把他们从头到脚打量了一番，然后和那个男孩一起继续赶路。

“他们是谁啊？”乔治问道，“老妈没说这里来了新邻居啊。”

“我猜是邻村的，只是路过吧。”狄克回答。

他们继续往前走了一段路。“我们走到海岸警卫员的小屋那儿，然后再往回走。”朱利安说，“嘿，提姆，离悬崖边远点！”

海岸警卫员的白色小屋在悬崖上，面朝大海。隔壁还有两座白色小屋。孩子们跟海岸警卫员很熟。那是个红脸膛的大肚汉子，喜欢开玩笑。

孩子们来到小屋时，一开始并没有看到他，后面听见他用洪亮的嗓音在屋后的小棚子里唱着水手号子，于是孩子们循着声音去找他。

“您好。”安跟他打招呼。

他在忙着做什么东西，抬起头来对孩子们咧嘴笑了笑。“你们好啊！”他说，“你们又回来度假了！你

们这帮小调皮鬼，总是在不该出现的时候出现！”

“您在做什么好东西呀？”安问道。

“给我的小孙子做玩具风车。”海岸警卫员一边说，一边把风车拿给安看，他做玩具的时候那双手可巧了。

“哇！真可爱！”安双手接过风车，“风车的零件能转动吗？哇，能转动。太棒了！”

“我卖玩具挣了不少钱呢。”老人骄傲地说，“隔壁的小屋来了新邻居——一个大人和一个小孩。那个男的出手很大方，一直在买我做的所有玩具，好像他有好多侄儿侄女要送礼！”

“哦！您说的是不是我们刚才碰到的那个男人和那个男孩？”狄克问道，“两人都长得高大健壮——男人的眉毛又长又乱。”

“没错，”海岸警卫员一边说，一边打磨风车，“那是科腾先生和他儿子。他们是几个星期前搬过来的。朱利安，你该跟他儿子认识一下。我看他的年龄跟你差不多。住在悬崖上，他一定很寂寞！”

“他不上学吗？”朱利安问道。

“不上学。他病了，他父亲是这么说的。说他需要多呼吸海边的空气，诸如此类的。这个男孩不错，有时候他过来帮我做玩具，他还喜欢摆弄我的望远镜。”

“我也喜欢，”乔治说，“我喜欢用您的望远镜瞭望。我现在可以用一下吗？我想试试能不能看到柯林岛。”

“喔，这种天气看不到多远，”海岸警卫员说，“等一会儿。有一团云要散开了，看到了吗？好了，过几分钟云就散开了，你就可以看清你的小岛了。你爸爸在岛上建的那座塔真有意思。我猜那是他研究工作的一部分吧。”

“对。”乔治说，“哎呀！提米。瞧瞧它干的好事，它把那桶油漆打翻了！提米，坏狗狗！”

“那桶油漆不是我的，是隔壁那个男孩的，那是他拿来给玩具上色用的。”海岸警卫员说，“我刚才跟你说了，有时他过来帮我做玩具。我给他父亲做了一座玩偶小屋。”

“糟了！”乔治沮丧地说，“要是他知道提米把油漆打翻了，您觉得他会生气吗？”

“应该不会，”海岸警卫员说，“他很有意思，很文静，有点闷闷不乐。人不坏，但看起来不太容易接近。”

乔治尽力把打翻的油漆清理干净。提米的爪子上粘了一些油漆，它啪嗒啪嗒地在棚子四处走动，留下一串绿爪印。

“回去的路上如果再碰到那个男生，我会跟他道歉的。”乔治说，“提米，你要是再敢靠近油漆罐，今晚就休想睡到我的床上。”

“现在天有点放晴了，”狄克说，“我们可以用望远镜看看柯林岛吗？”

“让我先看我的岛。”乔治马上说。她把望远镜转向柯林岛，透过镜头专注地看了起来，脸上浮现出一抹微笑。

“看到了，很清楚。那是老爸建的塔，连玻璃房都看得很清楚，玻璃房里没人，哪里都看不到老爸的踪影。”

大家轮流用望远镜看柯林岛，看到小岛近在眼前真是让人着迷。天晴时所有的细节会看得更清楚。“我看到一只野兔在跳。”轮到安时，她说。

“那就不要让你们的狗看望远镜了，”海岸警卫员当即说，“它会去追那只野兔的！”

听到“野兔”这个词，提米竖起了耳朵。它环顾四周，鼻子嗅了嗅。不，没有野兔。那为什么有人会提到野兔呢？

“我们该走了，”朱利安说，“下次有空再上来看您新做的玩具。谢谢您让我们使用望远镜。”

“不客气！”老人说，“看一下又不会把望远镜看坏！想用望远镜的话随时上来。”

他们跟老人道别，然后打道回府。提米屁颠屁颠地跑前跑后。“柯林岛看得很清楚！”安说，“乔治，要是能看到你爸爸在哪儿就好了。如果我们正好看到他从隐藏的地方出来，那该多有意思啊！”

离开小岛后，针对这个问题，四个孩子已经讨论过好多回了，真烧脑啊。乔治的爸爸是怎么找到这个连他们都不知道的隐秘之处的？唉！岛上的每一寸土地他们都探察过了！如果他把所有的实验器材都带过去了，那一定得是个很大的藏身处。乔治的妈妈说过，器材很多，更别提食物储备了。

“如果老爸知道一个我不晓得的地方，而且从来没有告诉过我，那他就太小气了。”这话乔治说了五六遍了，“我真的觉得他小气。那是我的岛啊。”

“好啦，也许等他完成手头的工作就会告诉你，”朱利安说，“到时你就知道啦。那时我们就可以去考察啦，不管那是什么地方。”

离开海岸警卫员的小屋后，孩子们踏上了回家的路。他们沿着悬崖一路往回走，然后看到了来时遇到的男孩。他站在小路上眺望大海，那个大人没跟他在

一起。

大家走近时，他转过身来，淡淡一笑：“你们好！你们上去看海岸警卫员了？”

“对，”朱利安说，“老人真好，是吧？”

“嘿，”乔治说，“真抱歉，我的狗打翻了一桶绿油漆。海岸警卫员说油漆是你的。我赔你钱，好吗？”

“哦不，不用赔！”男孩说，“不要紧，反正剩下的油漆也不多了。你有条好狗。”

“没错，是条好狗，”乔治满怀深情地说道，“它是世界上最好的狗。我养了它好多年了，但它跟从前一样年轻。你喜欢狗吗？”

“哦，喜欢。”男孩说，但是他站着没动，不像大部分人那样，去拍拍提米或者挠挠它。提米也不像平时见到生人时那样绕着男孩嗅一嗅。它只是站在乔治脚边，尾巴既没竖起来，也没垂下去。

“那座小岛真有意思，”男孩指着柯林岛说，“我真希望能到岛上去看一看。”

“那是我的岛，”乔治骄傲地说，“是我本人的。”

“真的吗？”男孩彬彬有礼地问道，“那么，哪天能让我到岛上去参观一下吗？”

“这个，现在不行，”乔治说，“你看，我爸爸在岛

上……在工作……他是科学家。”

“真的吗？”男孩再次问道，“呃，那么，他在做一项新实验啰？”

“对啊。”乔治回答。

“啊！我猜那个奇怪的塔跟实验有关。”男孩第一次来了兴致，说道，“他的实验什么时候做完呢？”

“那跟你有什么关系？”狄克突然说道。大家诧异地盯着他。狄克的话显得很无礼，这不像他的风格。

“哦，没有任何关系！”男孩急忙说，“我只是想，如果他的工作可以很快完成的话，也许你兄弟会带我去他的岛上转一转！”

这个男孩以为乔治是男生！乔治感到很开心。乔治对那些错把她当成小子的人向来都是和颜悦色的。

“我当然会带你去！”她说，“很快就可以带你去了，因为实验快做完了。”

想想吧

1. 几个小伙伴在悬崖小路上碰到的两个人是谁？

2. 海岸警卫员的小屋在哪里？

3. 海岸警卫员做什么东西很手巧？

第七章　口　角

他们听到一个声音，于是转过身去，发现是男孩的父亲来了，他朝孩子们点点头。“你们交上朋友啦？”他和蔼可亲地说，“这就对了。我儿子在这里很孤独，希望你们有空上来做客。儿子，你们聊完了吗？”

“聊完了，”男孩说，“这个男孩说那座岛是他的，等他爸爸结束那边的工作，他打算带我去岛上参观，很快就可以去了。”

“你知道怎么穿越那些危险的岩礁吗？”男子问道，“我可不想尝试。有一天我跟这里的渔民谈起，好像他们都不知道怎么走！”

这话听起来真让人惊讶，因为有些渔民肯定认得航线的。接着，孩子们想起来了，这里的渔民接到过禁令，昆丁叔叔在岛上工作时，不得带任何人上岛。很明显，渔民执行禁令，假装不知道航线。

“那么，您想去岛上吗？”狄克突然问道。

“哦，我不想去！可是我儿子很想去。”男子说，“我晕船，我可不想被岛边的海浪颠上颠下。我是个很差劲的水手，如果可以不出海，我绝不出海！”

“好啦，我们得走了，”朱利安说，“我们得去给婶婶采购一些东西。再见啦！”

“有空就来我们家做客吧，”男子说，“我这儿有一台不错的电视机，马丁会很乐意放电视节目给你们看的。随便哪天下午来都可以！”

“好啊，谢谢啦！”乔治回答，尽管她很少看电视，“我们会来的！”

他们分开了。四个孩子和提米继续沿着悬崖小路往下走。

“狄克，你刚才的口气怎么那么粗鲁？”乔治问，“你说‘那跟你有什么关系’，听起来很没礼貌。”

“这个嘛，我只是觉得他有些可疑，没别的意思，”狄克说，“那个男孩对小岛、对你爸爸的研究工作，还有他的实验什么时候完成特别感兴趣。”

“他怎么就不能感兴趣？”乔治反问，“村里每个人都感兴趣，他们都知道那座实验塔。男孩只是想知道什么时候可以去我的岛上参观——那就是他问我爸

爸的工作什么时候完成的原因。我喜欢他。”

“你喜欢他，只是因为他蠢头蠢脑地以为你是个小子，”狄克说，“我只能说你是个假小子，长得很像丫头片子的假小子。”

乔治当即暴跳如雷：“别那么刻薄！我才不像丫头片子呢。我脸上的雀斑比你脸上的要多得多；还有，我的眉毛比你的长得好。而且，我可以让我的声音变低沉。”

“傻啦吧唧的，”狄克厌恶地说，“好像长了雀斑就是男生似的！女生脸上的雀斑跟男生一样多。那个男孩以为你是小子，我才不信呢。他只是巴结你。他一定听说了，你是多么喜欢假装小子。”

乔治怒气冲冲地向狄克走去。朱利安见状赶紧插到他们中间去。“好了，别闹了，”他说，“你们都老大不小了，还准备像托儿所里的孩子一样打架吗？要我说啊，你们俩的表现就像婴幼儿，既不像男生，也不像女生！”

安惊恐地关注着事态的发展。乔治通常不会像这样大发雷霆。狄克在悬崖上如此无礼地跟那个男孩说话，确实反常。提米突然轻轻地哀号了一声，耷拉着尾巴，一副可怜巴巴的样子。

“哎呀，乔治，你跟狄克吵架，提米受不了了！”安说道，“瞧瞧！它可难过了！”

“提米一点儿也不喜欢那个男孩，”狄克说，“这是我觉得事情蹊跷的另外一面。如果提米不喜欢某个人，我也不喜欢。”

“提米并不总是那样，一见到生人就跑过去围着他打转，”乔治说，“反正，它没有对他龇牙咧嘴或者嘶吼咆哮。好吧，好吧，朱利安，我不打算吵架。但我确实觉得狄克傻啦吧唧的。就因为有人对柯林岛和老爸的工作感兴趣，就因为提米没有围着某个人欢呼雀跃，他就大惊小怪。那个男孩不苟言笑，提米不去讨好他，我一点儿也不觉得奇怪。也许它知道那个男孩不喜欢它那么做。提米很有灵性的。”

“好啦，别说了，”狄克说，“我投降——体面地投降！也许是我大惊小怪。可能吧。不过，我还是控制不住自己。”

安舒了一口气。嘴仗打完了！她希望这样的事不要再发生！从回到家的那一刻起，乔治就像个炸药桶，一点就爆。要是昆丁叔叔能够尽快完成工作，他们可以随便去岛上，大家就相安无事了。

“我很想去看电视，”乔治说，“哪天下午我们上去

看电视吧。”

“好啊，”朱利安说，“但是，总体上，我觉得我们交谈时绝对不要涉及你爸爸的工作。我们了解的并不多，不过我们确实知道曾经有人试图窃取他的理论成果。如今科学家的保密工作非常、非常重要。你知道的，乔治，科学家是大 V。”

“什么是大 V？”安问道。

“大 V 就是非常重要的人物，宝贝！”朱利安大笑着说，“你以为大 V 是什么？是紫罗兰、靛蓝、紫色？[1]如果昆丁叔叔知道有人试图窥探他的科研机密，我猜他的脸准会变成紫罗兰、靛蓝和紫色。”

大家哈哈大笑，连乔治也被逗笑了。她亲切地看着朱利安。他总是这么脾气温和、通情达理。他说的话她真的都听得进去。

这一天过得很快。天晴了，太阳又出来发威了。夹杂着海水咸味的空气中弥漫着荆豆花和报春花的芳香。棒极了！他们帮范妮婶婶去店里采购点东西，路上还停下来跟小渔民詹姆斯聊了一会儿。

① VIP（大 V）是“very important person”（要人、贵宾）的首字母缩写。紫罗兰（violet）、靛蓝（Indigo）、紫色（purple）的首字母缩写也是 VIP。此处朱利安开玩笑，玩文字游戏。

“我看到了，你爸爸占用了小岛，”他笑着对乔治说，“真不凑巧，这样一来你们不能经常去岛上了。我听说别人也不许上岛。”

“没错，”乔治说，“这段时间，任何人都不许上岛。詹姆斯，你帮忙送过实验器材吗？”

“送过。你瞧，因为我跟你去过，我知道怎么走。”詹姆斯说，“对了，昨天去小岛时，你觉得小船怎么样？我把你的小船保养得很不错吧？”

“保养得很不错，詹姆斯，”乔治热情地说道，“你把小船保养得非常棒。下次我们去小岛，你一定要跟我们一起去玩哦。”

“多谢啦。”詹姆斯咧嘴一笑，露出满口洁白的牙齿。“要不要把提米留给我养一两个星期呀？你看它多想留下来啊！”

乔治哈哈大笑。她知道詹姆斯只是开玩笑。不过，他很喜欢提米，提米也爱詹姆斯。此刻它正使劲磨蹭小渔民的膝盖，用鼻子蹭他那棕色的手掌心呢。詹姆斯曾经非常精心地养护过它，这件事提米从来都没忘记过。

到了傍晚，海湾呈现出柔和的蓝色，白色的浪花点缀着海湾。四个孩子凝望着对面的柯林岛。傍晚的

这个时候，柯林岛总是显得格外地美丽多姿。

塔顶的玻璃在夕阳的余晖中闪烁着光芒，就像有人在发信号，但玻璃小屋里没人。孩子们看得入神，却突然听到一阵微弱的轰隆声，看到塔顶猛地闪烁着奇特的刺眼光芒。

“瞧！昨天也是这样！”朱利安激动地说，“你爸爸的实验进展顺利，乔治。我真的很好奇，很想知道他在研究什么！”

接着，传来一阵酷似飞机的轰鸣声。电线负载了一种神奇的能量之后，塔顶的玻璃再次闪烁起来。

“真奇怪，还有点吓人。”狄克说，“乔治，不知道你爸爸此时此刻究竟在哪里。我是多么好奇啊！”

“我敢肯定他又把吃饭的事忘得一干二净了，”乔治说，“我们在岛上时，他不是狼吞虎咽地吃我们的三明治吗？他一定饿坏了。要是他让老妈到岛上去照顾他就好了。”

这时乔治妈妈走了进来。“你们听见响声了吗？”她说，“我猜那是你爸爸又在忙活了。天哪，希望这些天他别把自己给炸飞了！”

“范妮婶婶，今晚我可以等到十点半再睡吗？”安满怀期待地问道，“我等着看昆丁叔叔发信号，行吗？”

“我的天，不行！”婶婶说，“你们不需要守到那么晚，我可以自己看信号！”

“哦，范妮婶婶！我跟狄克肯定可以等到那个时候！”朱利安说，“毕竟，我们在学校十点才睡。”

“没错，但这是十点半，十点半你们还没上床怎么行？”婶婶说，“不过，如果你们想看的话，没有理由不让你们躺在床上看——假如你们还没睡着的话！”

“对哦，这个可以，”朱利安说，“我的窗子正对着柯林岛。手提灯闪六下吗？我会仔细数的。”

于是，四个孩子按平常的时间上床睡觉了。安早在十点半之前就睡着了；乔治昏昏欲睡，没法儿让自己起床来到男生的卧室看信号；但狄克和朱利安清醒得很，他们躺在床上，望着窗外。今晚没有月亮，但天空晴朗，有微弱的星光照下来。大海看起来乌黑一片。柯林岛被夜色吞没，一点影子都看不到。

“马上就到十点半了。”朱利安看了看手表的夜光指针，说道，“好了，昆丁叔叔，怎么样了？”

就好像叔叔在回答他的问话一样，一束灯光应声从塔顶的玻璃房里射了出来。那是一盏明亮的小灯，像手提灯。

朱利安开始计数：“一下。”停了一下。“两下。”

又停了一下。“三……四……五……六！”

闪光停了。朱利安舒舒服服地躺在床上。“好了，就这样了。昆丁叔叔平安无事。嘿，一想到他在漆黑的夜里爬螺旋梯上塔顶，我就觉得怪怪的，就为了去调整那些电线。”

“嗯嗯，”狄克睡眼蒙眬地说，“还好是他，换了我，我肯定不愿意做那种事！朱，如果你愿意，你可以做科学家。但我嘛，我可不想深更半夜的在一座孤岛上爬高塔。最起码要让提米在那里给他做伴啊！”

有人敲门。门开了，朱利安马上坐起来。是范妮婶婶来了。

“哎呀，亲爱的朱利安，你看到闪光了吗？我忘了数了，是六道闪光吗？”

“没错，是六道闪光，范妮婶婶！如果有什么不对劲，我会马上跑下楼跟您汇报的。叔叔平安无事，您别担心！”

“我真该叫他多闪一下，告诉我他是不是把那碗靓汤喝掉了。”婶婶说，“好啦，晚安，朱利安。睡个好觉！”

想想吧

1. 乔治为什么喜欢马丁？

2. 大 V 是什么意思？

3. 晚上昆丁叔叔发平安信号了吗？

第八章 采石场

第二天一大早，天气晴朗，阳光灿烂。孩子们飞奔到楼下吃早餐，个个情绪高涨。“我们可以去游泳吗？范妮婶婶，天气真的够暖和了！求求您了！”

“当然不行！你们谁听说过有人在四月份去游泳的！”范妮婶婶说，“啊呀，海水冷得很呢。你们就不怕感冒了，余下的假期都躺在床上？”

“好吧，我们到柯林雅舍后面的荒原去走走吧，”乔治说，“提米会喜欢的。对不对，提姆？”

“汪。”提米赞同主人的说法，尾巴啪啪地甩打着地面。

“如果你们乐意，可以带上午餐，”妈妈说，“我给你们打包。”

“范妮婶婶，我猜想您巴不得把我们甩掉一会儿吧，”狄克笑着说，“我知道我们要去干什么了。我们

去旧采石场寻找史前兵器！我们学校有个很棒的博物馆，我想找点石箭头或者诸如此类的东西带回去。”

他们都喜欢寻宝。去旧采石场会很好玩，那里的洼地温暖宜人。

“希望这一次不要像上次那样，在那里发现一只可怜的死绵羊。”安打了个寒战，“可怜的绵羊！它一定是不小心掉下去的，咩咩咩地呼救了很久。”

“当然不会啦，”朱利安说，“而且，我们会发现采石场的斜坡下开满了报春花和紫罗兰。那里的花总是开得早，因为风都被挡住了，吹不到那里。”

“当然啦，提米会去抓野兔，希望它能带回一大堆野兔，把橱柜塞得满满当当的。”狄克一本正经地说。提米显得很兴奋，轻轻地欢叫了一声。

他们等着十点半昆丁叔叔发信号。信号来了：镜子反射太阳光六次。闪光很刺眼。

“这太阳光反射出的信号真不错！”狄克说，“早上好，叔叔！再见啦！晚上继续等您的信号。好啦，大家都准备好了吗？”

“准备好了！提姆，走吧！谁带三明治？哇，太阳真晒啊！”

大家出发了。今天将会是非常愉快的一天！

实际上采石场很近，离家里只有四百米左右的距离。大家先逛了一会儿，给提米热热身，然后往采石场走去。

这是一个奇怪的地方，不知道什么时候成了采石场，被用来开采石料，并挖得很深，后来又被废弃了。现在采石场的斜坡上长满了小灌木、杂草和各种植物。沙地上长了欧石楠。

采石场的斜坡很陡，很少有人来这里，因此没有踩踏出一条可走的小路。它就像一个巨大的粗碗，坑洼不平，色彩斑斓。此时，报春花素色的花瓣向天空绽开；有成千上万株白的、紫的紫罗兰；黄花九轮草也竞相开放，是开得最早的。

“哇，真漂亮！”安在采石场顶停住脚步往下看去，惊叹道，“超级棒！我这辈子从没见过这么多，也没见过这么大朵大朵的报春花！”

“安，小心脚下，”朱利安提醒妹妹，“这些斜坡很陡，要是不小心踩空了，就会一直滚到底，把胳膊或腿摔断！”

“我会小心的，”安说，“我先把篮子扔下去，这样可以腾出双手来，需要时可以抓住小灌木。”

她把篮子往下扔，篮子骨碌骨碌滚到采石场底部。

孩子们分别爬到他们各自想去的地方——两个女孩走到一大片大朵大朵的报春花前，两个男生则走到他们认为会找到石头兵器的地方。

“你们好！”突然有声音从更低的地方传来。四个孩子惊讶地停下了脚步，提米咆哮着。

“哟，是你呀！”乔治认出说话的人是头天他们碰到的男孩。

“是我。不晓得你们是不是已经知道了我的名字。我叫马丁·科腾。”男孩说。

朱利安也把大家的名字告诉了他。“我们是来这儿野餐的，”他说，“顺便看看能不能找到石头兵器。你来干什么？”

“哦，我也来看看能不能找到石头兵器。”男孩回答。

“你找到了吗？”乔治问道。

“没有，还没找到呢。”

“好啦，你在那儿什么也找不到，”狄克说，“欧石楠丛中肯定没有！你得到这儿来找，这里有沙砾，地面光秃秃的。”

狄克尽量显得友好，以弥补头天的失礼。马丁走过去跟两个男孩一道挖了起来。朱利安和狄克带了小

铲子，而他则是空着手来的。

“这底下好热啊！”安叫道，“我得把大衣脱了。”

提米半截身子都钻进野兔洞里了，它使劲地刨着，身后扬起一片片泥土。

“离提米远点儿，除非你想被泥土掩埋！”狄克说，“嘿，提米，野兔值得你费那么大劲儿吗？”

对提米来说，显然这很值得。它喘着粗气，继续使劲地刨啊刨的。有一块石子飞起老高，打中了朱利安。他擦擦脸颊，接着看了看掉在身边的石子，欢呼道：“瞧瞧，多好的一只石箭头啊！谢谢，提米老兄，你帮我刨真是太好了。再来一块锤头怎么样？”

其他人都跑过来看这只石箭头。安心想她永远也认不出这是什么东西，但朱利安和狄克拿着石箭头大呼小叫，赞赏不已。

这的确是一个很好的、未遭破坏的样本。“真是个好样本，”狄克说，“乔治，知道它是怎么做成的吗？脑补一下：几千年前，穴居人用这只石箭头来射杀敌人！”马丁没说什么，他只是看了看石箭头，便转身走开了。狄克觉得他有点怪，有点无聊无趣。他在想他们是否该邀请马丁一起共进午餐，他可是一点儿也不愿意。

但是乔治乐意！“你也在这儿野餐吗？”她问道。马丁摇摇头。

“不。我没带三明治。”

“对了，我们带了很多。跟我们一起野餐吧。”乔治很大方地说。

“谢谢。你真好。”男孩说，“礼尚往来，下午你们愿意赏光去我家看电视吗？我希望你们去。”

“好啊，我们去，”乔治答应了，“值得去看一看！哇！安，看看那些紫罗兰！我以前从没见过这么大朵的白色紫罗兰。”

三个男生走向更深的地方，用小铲子在任何有可能发现目标的地方刨来铲去。他们来到一块凸出来很多的岩架前，这可是个吃午餐的好地方。这块岩石足够平展，可以放稳姜啤瓶子和杯子，人坐在石头上会很暖和。

十二点半，大家都饿了，开始吃午餐。马丁和他们一起吃三明治，跟他们混熟了。

“这是我吃过的最好吃的三明治了，”他说，“我真喜欢沙丁鱼三明治。这是你们的妈妈给你们做的吗？我要是有妈妈该多好啊！我妈妈好多年前就走了。”

大家同情他的遭遇，沉默了片刻。四个孩子无法

想象，对于一个男孩或女孩来说，还有什么比这更悲惨的。他们当即把最好吃的小圆甜饼和最大块的蛋糕塞给马丁。

“昨晚我看到你爸爸闪灯发信号了。”马丁嚼着小圆甜饼，说道。

狄克马上抬起头来:“你怎么知道他是在发信号？”他问道:“谁告诉你的？”

“没人告诉我，”男孩说，“我只是看到六道闪光，我想那一定是乔治的爸爸闪的。”见狄克语气刻薄，他显得很惊讶。朱利安用胳膊肘轻轻地碰了碰狄克，提醒他不要再发火。

乔治瞪了狄克一眼。“我猜今天早上你也看到我爸爸发信号了，”她对马丁说，“肯定很多人都看到了闪光。十点半，他用镜子反射阳光报平安；晚上同样的时间，他用手提灯闪亮光。”

现在轮到狄克朝乔治吹胡子瞪眼了。为什么要泄露所有这些信息？没必要嘛。狄克心里很清楚，他刚才的问话问得尖酸刻薄，乔治只是替他打圆场。他试着转换话题。

“你在哪儿上学？”他问道。

“我不上学，”男孩说，“我生病了。”

“那你生病之前在哪里读书呢？”狄克追问道。

“我……我有家庭教师，”马丁说，“我不去学校。”

“运气真不好！”朱利安说道。他觉得马丁真可怜，不去上学，不做功课，不玩学校的各种游戏，不能享受学校生活的全部乐趣。他好奇地看着马丁。他是不是那种很愚笨，在学校里成绩很差，只能在家里请家教的学生？但他看起来并不笨，只是显得郁郁寡欢、无精打采。

提米跟大家一起坐在温暖的岩石上。它吃了它自己的那一份三明治，但多吃多占是不可能了，因为马丁也要吃一些。

提米对马丁的态度很反常，它压根儿不搭理他，直把他当空气！

马丁也不搭理提米，他既不跟提米说话，也不拍拍它。安确信他并非像自己所说的那样真的喜欢狗。有谁能跟提米在一起，连拍都不拍它一下呢？

提米甚至连正眼都不瞧马丁一下，而是靠着乔治，背对着马丁。如果说这一幕不奇怪的话，也挺可笑的。毕竟，乔治很友好地跟马丁说话来着，孩子们还把东西分给马丁一起吃，可提米却当他根本不存在！

安刚想说说提米的奇怪行为，它却突然打了个哈

欠，甩了甩身子后，从岩石上跳了下去。“它又要抓野兔去了，”朱利安说，“嘿，提姆，再给我找只石箭头好不好，老兄？”

提米摇摇尾巴，消失在岩架下，从那里传来了刨土的声音，石块和泥土一阵阵飞扬。

孩子们仰面躺在石板上，睡意袭来。他们聊了几分钟，然后安觉得眼皮打架了。安被乔治的声音吵醒。

“提米在哪里？提米！提米！快到这儿来！你上哪儿去了？”

但是提米没有回来，甚至没有用叫声对乔治的呼喊做出回应。“真该死！”乔治说，“我猜它现在钻到一个特别深的野兔洞里去了。我得把它找回来。提米！你在哪里？”

想想吧

1. 乔治妈妈同意孩子们去游泳吗?

2. 狄克打算去旧采石场寻找什么东西?他们找到了什么?

3. 采石场洼地的花比别的地方开得早，为什么?

第九章　乔治的发现——她生气了

乔治滑下岩石，往岩石下面端详，发现那里有一个大口子，洞口散落着提米刨出来的石子。

“你肯定还没找到一个大到可以钻进去的野兔洞吧！”乔治说，“提米，你在哪里？”

洞里没有传来提米的汪汪叫声或呜咽声。乔治在岩架下挪动身子，朝洞里张望。显然提米已经把洞刨宽了。乔治喊朱利安：

“朱利安！把你的小铲子丢给我，好吗？”

小铲子落在乔治脚边，她拿起小铲子，把洞口挖开一点。洞口对于提米来说足够宽了，但对于她来说还不够。

她使劲地挖啊挖，很快就全身发热了。她爬出来，看看能否从岩石上找个人帮忙，发现大家都睡着了。

“一个个懒鬼！”乔治想道，完全忘了要不是惦记

着提米去了哪里，她自己也在呼呼大睡。

她又滑下岩石，再次用小铲子使劲地挖起来。很快，她就把洞口挖得可以钻进身子了。就在这个时候，她吃惊地发现里面有一条很大的地道，她可以匍匐着沿着地道往前爬！

“啊呀，这是不是什么动物的跑道啊，这条地道会不会通向某个地方呢？”乔治心想，“提米，你在哪儿？”

从采石场斜坡下很深的地方传来一个微弱的呜咽声。乔治颇感欣慰，毕竟提米在那儿。她继续往前爬，突然之间，隧道变得又高又宽敞，她意识到自己一定是来到了一条地道里。地道里漆黑一片，她什么也看不见，只能触摸。

接着她听到“啪嗒啪嗒”的脚步声，提米呜呜地叫着，满怀深情地蹭着她的腿。“哎呀，提米，你吓着我了！”乔治说，“你跑到哪里去啦？这是一条真正的地道吗？还是以前的采石工人打的隧道现在变成了动物的地道？”

“汪。”提米应了一声，一边咬着乔治的牛仔裤，拖着她往洞外面走。

“好啦，这就走！”乔治说，“别以为我想一个人

在这黑灯瞎火的地方瞎逛！我只是来找你而已。”

她原路返回岩架。此时狄克已经醒了，心里正纳闷乔治到哪里去了。他冲着深蓝的天空眨眨眼，等了几分钟，然后坐了起来。

“乔治！”没人答话。这回轮到狄克滑下岩石四处张望。他惊愕地发现，首先是提米，接着是乔治四肢着地从岩石下的洞口中爬了出来。他目瞪口呆，乔治呵呵呵笑了起来。

“好啦，我只是跟提米抓野兔去了！”

她站在狄克身边，拍打套头衫和裤子上的泥土。“从岩石下的洞口进去后有一条地道，”她说，“刚开始时，只是一条狭窄的隧道，就像动物的洞穴，接下去就变宽了，最后变成了一条真正的地道，又高又宽敞！当然啦，我看不见地道是否往前延伸，因为里面黑黢黢的。提米走进去到了很远的地方。”

“天哪！”狄克说，“这听起来很令人兴奋。”

“我们进去探索一下，好吗？”乔治问道，“我想朱利安带了手电筒。”

“不去，”狄克说，“今天不去。”

其他孩子都醒了，兴致勃勃地听着他们俩的谈话。“这是一条秘密地道吗？”安兴奋地问，“我们进去探

险吧！”

“不去，今天不去。”狄克再次说道。他望着朱利安，朱利安猜狄克不想让马丁分享这个秘密。干吗让他分享呢？他并不是他们真正的朋友，他们刚认识。朱利安对狄克点点头。

“对，今天不去探险。不管怎么说，那里面可能什么也没有，只是采石工人挖的一条旧隧道。”

马丁饶有兴致地听着他们的谈话。他也走过去往洞里瞅。“要是我们能下去看一看就好了，”他说，“也许我们可以约好一个时间再次碰头，带上手电筒，看看下面是不是真有一条地道。”

朱利安看了看手表，说:“快两点了。好啦，马丁，如果我们打算去你家看两点半的电视节目，现在就得走了。”

两个女孩开始沿着采石场的陡坡往上爬。朱利接过安的篮子，生怕她打滑摔跤。大家很快就爬了上去。从温暖的采石场上到顶部后，感觉凉飕飕的。

他们顺着那条悬崖小路往前走，很快就到了海岸警卫员的小屋，此刻海岸警卫员正在花园里，他向孩子们挥了挥手。

他们走进隔壁那间小屋。马丁推开房门，他父亲

正坐在里屋的窗前看书。他笑容满面地站起来，欢迎来客。

“哎呀呀！太好了！快请进。狗也请进。我一点儿也不介意狗，我喜欢狗。”

六个人和一条狗齐聚一堂，小房间显得很拥挤。孩子们礼貌地一一跟科腾先生握手。马丁急忙解释说他是带孩子们来家里看电视的。

“好主意。”科腾先生依然眉开眼笑。安注视着他的浓眉毛，只见他的眉毛又长又浓，很纳闷他为什么不修剪一下呢？不过，也许他喜欢那样吧。两道剑眉让他显得像凶神恶煞，她心想。

四个孩子环顾小房间：房间尽头的桌子上有一台电视机、一台豪华收音机，还有一样东西吸引了孩子们的眼球。

“哇，您有一台发射器，还有一台接收器。”朱利安说。

“对，”科腾先生说，“这是我的爱好，是我自己做的。”

“哇，您真聪明！”狄克说。

“什么是发射器？”安问道，“我从没听说过呢。”

“呃，这是一套通过无线电发送信息的装置，就像

警车里的无线电一样，警察把信号发回警局，”狄克说，“这套设备功能很强大。”

马丁在拧电视机的旋钮。电视节目开始了。

电视节目很精彩。节目放完之后，科腾先生邀请孩子们留下来喝下午茶。

“好啦，不要说‘不’，”他说，“如果你们担心婶婶着急，我给她打个电话。”

“那太感谢了，先生，”朱利安说，“我想她会担心我们跑到哪里去了！”

科腾先生给范妮婶婶打电话。当然啦，他们留下来完全没有问题，但必须早点回家。于是，孩子们安心留下来享用一顿意料之外的好茶。马丁不太健谈，但科腾先生弥补了这个不足。他跟孩子们有说有笑，相处得很融洽。

话题转到了柯林岛，科腾先生盛赞柯林岛的夜景很美。听到这话，乔治心里乐滋滋的。

“对，”她说，“我总是这么认为的。要是老爸没有选择在这个特别的时候到我的岛上工作该多好啊。我本来计划去岛上住的。”

“我想你对小岛了如指掌吧！”科腾先生说。

“没错！”乔治说，“我们都对柯林岛了如指掌。

岛上还有地牢呢，呃，是真正的地牢，在很深的地下，我们还在地牢里找到过金元宝呢。”

“对，我记得在报纸上看到过，”科腾先生说，“那一定很激动人心吧，还发现了地牢，真有意思！还有一口古井，你们还下去探险了，对不对？”

“对，”安记起来了，“还有一个岩洞，我们还在岩洞里住过呢，岩顶有一个入口，面朝大海的方向也有一个。”

“我猜你爸爸正在地牢里做他那个了不起的实验吧？”科腾先生问，“哎呀，在地牢里工作真是不可思议。”

“不——我们不……”乔治刚开口，脚踝就被狄克踢了一下，她痛得龇牙咧嘴。这一脚踢得可不轻！

“你想说什么来着？”科腾先生显得很惊讶。

“呃——我是说——那个——呃——我们不知道老爸选的是哪个地方。”乔治边说边把双腿挪到狄克的脚够不着的地方。

这时，提米突然凄厉地哀叫了一声。乔治惊讶地低头看提米，提米则抬头看着狄克，一副委屈巴巴的样子。

“怎么回事，提米？”乔治焦急地问道。

科腾先生盛赞柯林岛的夜景很美……乔治心里乐滋滋的

“它觉得房里太热了，我想，”狄克说，“乔治，你最好把它带出去。”

乔治很担心提米，把它带到了外面。狄克跟着她出来，她怒气冲冲地瞪着狄克：“你干吗那么用力踢我？我会被你踢青一大块的。”

“你很清楚我为什么踢你，”狄克说，“什么都说！难道你没发现那个家伙对你爸爸在岛上的工作很感兴趣？也许这根本没什么，但至少你嘴上得把把门。就像个丫头片子，嘴上没个把门儿的。我得想个法子让你住嘴。不瞒你说，我还用力踩了可怜的提米老兄的尾巴，把它踩痛了，它就会叫唤，这样你才会住嘴！”

“啊呀！畜生！”乔治义愤填膺地说，“你怎么能伤害提米？”

“我不想伤害它，真对不起，”狄克边说边停下脚步，摸摸提米的耳朵，“可怜的提姆，我没想伤害你，老兄。”

“我要回家，”乔治被气得满脸通红，“我讨厌你这样跟我说话，说我像个丫头片子，嘴上没个把门儿的，还踩可怜的提米的尾巴。你回去告诉他们我带提米回家了。”

“行，”狄克说，“很好。你跟科腾先生说得越少越

好。我要回去探明他是什么人，是干什么的。我觉得他很可疑。你最好走吧，省得你再泄密。”

乔治气得说不出话，带着提米走了。狄克回去替她道歉。朱利安和安心里很清楚他们之间一定有什么事，感到很不安。他们起身准备告辞。但是，让他们惊讶的是，狄克变得很健谈，突然之间，显得对科腾先生和他的工作很感兴趣。

不过，他们还是终于告辞走了。“有空一定要再来玩哦，”科腾先生笑容满面地对三个孩子说，“告诉另一个男孩——他叫什么来着，乔治——希望他的狗现在没事了。那条狗真乖，真有教养！好啦，再见啦！希望很快就可以再见到你们！”

想想吧

1. 乔治有什么发现？

2. 朱利安和狄克同意当天去探索岩架下的洞吗？为什么？

3. 在科腾先生家喝下午茶时狄克为什么踢乔治？为什么踩提米的尾巴？

第十章　出人意料的信号

“乔治怎么了？”刚走到科腾父子听不见的地方，朱利安就问狄克，“我知道喝下午茶时你踢了她，因为她说了太多有关小岛的事，她脑子确实缺根筋。但她为什么怒气冲冲地跑回家了？”

狄克告诉他们，他如何踩了可怜的提米的尾巴，让提米哀叫，这样就可以把乔治的注意力转到狗身上，让她闭嘴。听了这些话，朱利安哈哈笑了，但安很气愤。

“狄克，你真讨厌。”

“没错，”狄克说，“但我想不出任何别的办法阻止乔治谈论小岛。老实说，我真的觉得她把那个家伙迫切想知道的一切全都和盘托出了，不过，现在我知道他想了解这些是另有原因的。”

“你这是什么意思！”朱利安困惑不解地问。

“呃，一开始我以为他一定是在打探昆丁叔叔的科研机密，无论什么机密他都要，”狄克说，“所以，他要了解所有事情的来龙去脉。但既然他告诉我他是记者——安，那是给报社写文章的人——我想，他只是想搜集素材，等叔叔完成实验时，他就可以给报纸发头版头条了。”

“对，我也是这么想的，”朱利安若有所思地说，“实际上，我比较肯定。好啦，这事没什么大碍。但我不明白为什么我们非得坐在那儿被他一点一点地套出来，他完全可以说：‘嘿，如果你们能把柯林岛的秘密告诉我，我将不胜感激，我需要新闻报道的素材。’但他没这么说。”

“他没这么说，所以我很怀疑，”狄克说，“但现在我明白了，他的新闻报道需要柯林岛的各种趣闻逸事，无论什么。真该死！我误会了，我得去跟乔治解释清楚，她那个气急败坏啊！”

“我们走去柯林村的那条路，去肉铺给提米买点骨头吧，”朱利安说，“算是给提姆道歉！”

这个主意不错。他们在肉铺买了两根大大的肉骨头，然后回柯林雅舍。乔治跟提米在楼上的卧室，三人上楼找她。

兄妹三人进去时，乔治正坐在地板上看书。她气鼓鼓地抬起头来。

“对不起，乔治，我真粗暴，”狄克说，“我这么做是有原因的，要是你明白我的良苦用心就好了。不过，我发现科腾先生不是间谍，不是要来刺探你爸爸的机密的。他是记者，只是在为他的报道搜寻素材！瞧，这是给提米的，我也向它赔礼道歉。”

乔治还在气头上，但对于狄克的示好还是尽量地做出了回应，她对他勉强笑了笑。

“好吧，谢谢你给提米买的肉骨头。今晚谁也别跟我说话，我很生气，但我会好的。”

他们走了，留下乔治独自坐在地板上。乔治生气时最好让她一个人待着。只要提米跟她在一起，她就没事。她生气不开心时，提米当然不会离开她半步啦。

乔治没下楼吃晚饭。狄克跟婶婶解释：“范妮婶婶，我们吵架了，但已经和解了。不过乔治还没消气。我把晚饭给她送上去吧。”

“不，还是我去吧。”安说罢，给乔治送了一托盘吃的上楼。

“我不饿。”乔治说。听到这话，安准备把食物拿下楼。“好吧，把东西留在这儿吧，”乔治急忙说，“我

猜提米会喜欢。”

安窈笑着把托盘留下。等她再上楼来取托盘时，发现所有的碟子都被一扫而光！

“天哪！提米饿坏了！”她对乔治说。堂姐难为情地笑笑。“现在你要不要下楼来玩？我们准备玩大富翁[1]了。”

“不了，谢谢。今晚让我一个人待着，明天我会好的，”乔治说，“真的，我会好的。”

于是，朱利安、狄克、安和范妮婶婶玩起了大富翁，乔治缺席。他们照例按时上床睡觉，发现乔治已经进入梦乡，提米蜷缩在她脚边。

“我要等昆丁叔叔的信号，”朱利安上床时说，“天哪，今晚黑咕隆咚的。”

他躺在床上，望着窗外的柯林岛。紧接着，到了十点半，六次闪光穿过黑暗传了过来，闪，闪，闪。朱利安把头埋在枕头里，现在可以安心睡个好觉了！

过了些时候，朱利安被一阵响声吵醒。他坐起来，望着窗外，等着看塔顶的光芒闪烁。叔叔做特殊实验

① 一种棋盘游戏，由 2—6 人参加，按骰子所掷点数走棋，以筹码币进行房地产交易，以赢得多数房地产为胜；源出商标名。

时，有时出现光芒闪烁的景象。但什么也没发生。那阵响声消失了，朱利安又躺下了。

“昨晚我看见叔叔的信号很正常，范妮婶婶，”第二天早上他对婶婶说，“您看到了吗？”

“看到了，”婶婶说，“朱利安，亲爱的，今天上午你可以帮我留意叔叔的信号吗？我有事要去找教区牧师，估计从教区牧师的住宅看不到实验塔。”

“好啊，当然可以，范妮婶婶，”朱利安说，“现在几点了？九点半。好，我坐在卧室的窗前写信，十点半我会留意信号的。”

朱利安的信先是被狄克，接着是乔治、安和提米打断。他们想邀他一起去海滩玩。乔治现在消气了，表现得特别友好，想借此弥补因为自己昨天的坏脾气跟大家造成的隔膜。

“十点半我就来，”朱利安说，“等我看到塔顶发来的信号，还有十分钟。”

十点半，他望着塔顶的玻璃房。啊！传来了第一个信号。阳光被叔叔手上的镜子反射过来，明晃晃的。

“第一道闪光，”朱利安数道，“二、三、四、五、六。他平安无事。”

他刚要转身离开，又看到一道闪光。“七！”接着

又来一下。八、九、十、十一、十二。

“真奇怪，”朱利安说，“为什么闪了十二下？嘿，又来了！”

从塔顶又传来六道闪光，然后再也没有了。朱利安真希望有一架望远镜，这样他就可以看清塔里的情况了！他坐在那里琢磨了一会儿，百思不得其解。接着他听见小伙伴们“咚咚咚”地跑上楼来，冲进房间。

“朱利安！老爸闪了十八次而不是六次！”

“朱，你数了吗？”

“为什么闪十八次？他是不是有危险？”

“不。如果他有危险，他会闪 SOS①。”朱利安回答。

“他不会摩尔斯码！”乔治说。

“呃，我猜他只是想让我们知道他需要什么东西，”朱利安说，“我们今天必须到岛上去，看看是怎么回事，也许他需要补充食物。”

于是，范妮婶婶回来时，孩子们建议大家都到岛上去。范妮婶婶很高兴。

“我们一起去吧！那太好了。我猜叔叔是要往哪里寄信吧。我们上午就走。”

① SOS 为紧急呼救信号。

乔治飞奔出去叫詹姆斯备船，乔安娜帮着范妮婶婶打包了好多食物。然后他们乘着乔治的小船去往柯林岛。

他们绕过低矮的岩壁，来到小海湾，发现昆丁叔叔在那里等着他们。船底轻触柔软的沙子时，他挥了挥手，帮着大家把小船拖上沙滩。

“我们看到你发的三次信号了，”范妮婶婶说，“亲爱的，你是需要什么东西吗？”

“对，”昆丁叔叔说，“范妮，你篮子里装了什么好东西？又有好多好吃的三明治，我要吃点！”

“哎哟，昆丁，你又没好好吃饭吗？”范妮婶婶说，“那碗靓汤味道怎么样？”

“什么汤？”昆丁叔叔显得很惊讶。“我不知道有汤，要是我知道，昨晚就应该喝了。”

“可是，昆丁！我之前告诉你了，”范妮婶婶说，“现在那些汤应该馊了，你得把汤倒掉。好了，别忘了，把汤倒了！汤在哪里？也许我最好亲自把它倒掉。”

“别，还是我自己来吧，”昆丁叔叔说，“我们坐下来吃午饭吧。”

现在就吃午饭未免也太早了，但范妮婶婶马上坐

下来，把吃的东西揭开。孩子们的小肚子时刻准备着用餐，因此他们一点也不介意这么早吃午饭。

“亲爱的，你的工作进展得怎么样啦？”看着丈夫狼吞虎咽地干掉一个又一个三明治，范妮婶婶开始寻思，自从两天前跟丈夫分别后，他是否吃过东西。

“好着呢，”丈夫说，“再好不过了。刚好进展到一个又难又有趣的节点。请再给我一个三明治。”

“昆丁叔叔，您为什么发了十八次信号？”安问道。

“这个，呃，讲不清楚，真的，”叔叔说，“事实上，我有一种感觉，觉得这岛上除了我，还有别人！”

“昆丁！你到底是什么意思啊？”范妮婶婶惊恐地叫道。她回头看了看，好像她真的以为会看到那儿有什么人似的。所有的孩子都诧异地看着昆丁叔叔。

他又拿起一个三明治。“是的，我知道这听起来很疯狂。不可能有别的人到这里来，但我知道有人。”

“叔叔，不要这么说啊！”安打了个激灵，说道，“听起来好可怕哟，而且晚上只有您一个人在岛上啊！”

“啊，说到点子上了！要是晚上只有我一个人，我倒是一点儿也不在乎！”叔叔说，“让我烦恼的是，我将不再是孤单一人。”

“叔叔，是什么让您觉得这里还有别人？”朱利安问道。

“呃，昨晚我做完实验时，大概是凌晨三点半的样子，当然啦，黑咕隆咚的，伸手不见五指，”昆丁叔叔说，“我到户外呼吸一下新鲜空气。我可以发誓我听见有人咳嗽，对了，咳了两声！”

“天哪！”范妮婶婶吓了一大跳，“可是，昆丁，也许你搞错了。有时你会产生幻觉，呃，尤其是当你感到很疲惫的时候。”

“是的，我知道，”她的丈夫说，“可是我不可能想象出这么个东西来，是吧？”

他把手伸进口袋，掏出一样东西来给大家看。那是一截新鲜的烟头。

“好啦，我不抽烟，你们也不抽烟！那么，这支烟是谁抽的？他是怎么来到这里的？不会有人划船带他过来——那是唯一可以来岛上的办法。”

大家沉默不语。安觉得不寒而栗。乔治困惑不解地看着父亲。谁会在这里？为什么来这里？他们又是怎么来到岛上的？

“那么，昆丁，你打算怎么办？”妻子问道，“怎么样才好呢？”

“要是乔治同意给我一样东西，我就没事了，”昆丁叔叔说，“乔治，我想要提米留下来跟我做伴儿！把它留给我好吗？”

想想吧

1. 今天昆丁叔叔发来了几道闪光？
2. 昆丁叔叔在凌晨三点听到了什么声音？
3. 乔治的爸爸问乔治要什么东西？

第十一章　乔治的艰难抉择

一阵令人揪心的沉默。乔治无比惊愕地盯着父亲，大家都等着听她怎么回答。

“可是，爸爸，我跟提米从来没有分开过，”她终于开口恳求爸爸，“我当然明白你需要它保护你，你可以留下它，但我也要留下来！”

“不行！”爸爸当即表示反对，“你不能留下来，乔治，那是不可能的。至于从来没跟提米分开过嘛，这个，如果是为了保障我的安全，跟它分开一次你肯定不会在意吧？”

乔治竭力克制。这是她这辈子面临的最艰难的抉择：把提米留在小岛吧，岛上隐藏着不明身份的敌人，敌人可能会伤害它！

但是还有老爸，如果没有人保护他，他可能有危险。

“我只能留下，爸爸，”她说，“我不能丢下提米，除非我也留下。说什么都没用。”

爸爸发起脾气来了。他跟乔治一个德性，凡事都要依着他，否则他就会大呼小叫！

“如果朱利安或狄克或安有狗的话，如果我求他们，他们都会二话不说的！”他勃然大怒，“而你，乔治，如果可能的话，你总要胡搅蛮缠！你，还有那条狗——别人还认为它值一千英镑呢！”

“对我来说，它的价值远远超过这个数。”乔治的声音在颤抖。提米爬过去紧紧靠着她，用鼻子拱着她的手心。她紧紧抓住狗项圈，就好像她一刻也不肯让提米离开。

“对，在你心目中，那条狗比你爸爸妈妈或任何人都更重要。”父亲气愤地说。

“不，昆丁，不许你这么说，”妻子态度坚决地说，“真可笑，不能拿父母亲跟狗相提并论，这是两码事，因为热爱的方式不一样。当然了，你完全正确——提米必须留下来陪你——我当然不会让乔治留下来跟提米在一起。我不能让你们父女俩都处在危险之中。事实上，操心你一个人就够我受了。”

乔治绝望地看着妈妈。

“妈妈！你一定要跟爸爸讲清楚，我必须留下来跟提米在一起。”

“当然不行，”妈妈说，“好啦，乔治，要为爸爸着想。你很清楚，如果让提姆做决定，它会留下来，你不在它也会留下来。它会告诉自己：‘这里需要我，需要我眼观六路侦察敌情，需要我耳听八方捕捉轻微的脚步声，也许还需要我的尖牙利齿保护主人。我要跟乔治分离几天，但是，她跟我一样，也长大了，几天的分离还是能够忍受的！’乔治，如果让提米做决定，它会这么说。”

大家聚精会神地听着这段让人始料未及的讲话。这可能是唯一能够说服乔治，让她心甘情愿地让步的讲话了！

乔治看着提米，提米也摇着尾巴看着她。接下来，它做了一件非同寻常的事——它起身走向乔治爸爸，趴在他身边，看着乔治，好像在说：“好啦！现在你知道我心里的真实想法是什么了！”

“看到了吗？”妈妈说，“它同意我的观点。你总是说提米是条好狗，这就是证明。它明白它的职责是什么，你应该为它感到骄傲。”

“我为它感到骄傲。”乔治哽咽着说。她起身走开。

“好吧，”她回头说，“我把它留在岛上护卫爸爸。我一会儿就回来。”

安起身要去追可怜的乔治，但朱利安拉住她让她坐下。“随她去吧！她会没事的。提米老兄真棒——你能够明辨是非，对吧？好狗狗！棒狗狗！”

提米摇摇尾巴。它没打算去追随乔治。不，现在它决意留下来跟随她父亲了，尽管它更乐意跟着女主人。乔治不快乐，它也很难过，但是，有时候做一件艰难的事情不快乐，总比贪图快乐不去做它要好。

“哎呀，亲爱的昆丁，我不愿意你一个人待在这里做实验，还有人窥探你，”妻子说，“真的不愿意。你还有多久可以完成实验啊？”

“还有几天。”丈夫说。他赞赏地看着提米：“这条狗差不多听懂你说的话了，范妮。它径直朝我走来的样子真是不同凡响。”

“它是很聪明的狗，”安热烈地说，“提姆，是不是？昆丁叔叔，有它保护您，您会很安全的，需要对付敌人时它很凶的！”

“是的，那么凶，我可不愿意它扑向我的喉咙，”叔叔说，“它个子大，力气也大。还有蛋糕吗？”

“昆丁，你不好好吃饭真不好，”妻子说，“否认也

没用，如果按时吃饭，你就不会这么贪吃了。”

丈夫对她的话充耳不闻。他仰视着他的实验塔。“你们有没有见过塔顶的电线电光闪烁？”他问道，“很壮观吧？”

“叔叔，您不是在制造一颗新型原子弹之类的东西吧？”安问道。

叔叔轻蔑地看了她一眼。“我才不会浪费时间去发明什么东西用来屠杀、残害人民！不，我在发明一样会大大造福于人类的东西。等着瞧吧！”

乔治回来了。“爸爸，”她说，“我把提米留给你，但你能不能替我做点事？”

“什么事？”爸爸问道，“现在不许提什么不合理的条件了！我会按时喂提米，照顾它，希望这就是你要我做的事。我自己有可能会忘记吃饭，但你应该了解我，我不会忽略任何依赖我的动物。”

“对，我知道，爸爸。”乔治虽然嘴上这么说，但脸上还是露出了一丝怀疑，“我想请求你的是：每天早上你到塔顶发信号时，能不能带上提米？我会到海岸警卫员的小屋，用他的望远镜看塔顶的玻璃房，那样我就可以看到提米。每天让我看它哪怕就一眼，知道它平安无事，我就不会那么牵挂它了。”

“没问题，”爸爸说，“但是，我觉得提米爬不上螺旋梯。”

“噢，它能爬上去，爸爸，它已经上去过一次了。”乔治说。

“我的老天！”爸爸说，“狗也上去了？好吧，乔治，我保证每天早上到塔顶发信号时都带上它，让它朝你的方向摇尾巴。好啦！这下你满意了吧？”

“满意了。谢谢，”乔治说，“时不时地跟它说说好话，拍拍它，好吗，爸爸？……还有……”

“还有，吃饭时给它系上围兜，我猜哈。还有，晚上给它刷牙！”父亲说着，又摆出一副生气的面孔，“我会把提米当成一条真正意义上的成年狗对待，当朋友对待，乔治。相信我，这是它想要我对待它的方式。提米，对不对？那些虚情假意的把戏，你喜欢跟女主人玩，而不是跟我玩，对不对？”

“汪。”提米也这么认为，它“啪啪”地甩着尾巴。孩子们赞赏地看着它。提米真是一条通情达理又聪明伶俐的好狗，而且似乎比乔治成熟得多。

“叔叔，如果有什么不对劲，或者您需要帮助，或者有什么事，就再闪十八道光，”朱利安说，“有提米跟您在一起，您会平安无事的。它抵得过一打警察，

但有很多事情没法预料。”

“好。如果有什么事需要你们过来，就闪十八道光，”昆丁叔叔说道，“我会记住的。现在你们最好都走吧，我该继续工作了。”

“昆丁，你会把那碗汤倒掉吧？”妻子忐忑不安地问，“你可不要因为喝了变质的汤而闹肚子。现在汤都长绿毛了吧！你就是这样，东西新鲜可口时你不记得吃，等东西变质了你才想起！”

“说什么呢！”丈夫说着站起身来，“瞧你跟我说话的样子，别人听了还以为我是五岁小毛孩，没长脑子呢！”

“亲爱的，你聪明得很，这一点我们都知道，”妻子说，“但有时候你显得不太成熟！好啦，照顾好自己，让提米时刻紧跟着你。”

“老爸不用为这件事操心，”乔治说，“提米会自己到一边待着的！提米，你负责安保工作，对不对？你明白这是什么意思！”

“汪。”提米庄严承诺道。它跟着大家走到小船边，但没打算跳上小船，而是站在乔治爸爸身边，目送小船在海面上荡悠着向远处驶去。“提米，再见啦！”乔治用奇怪的、严厉的声音喊道，“照顾好自己！”

父亲摆摆手，提米摇摇尾巴。乔治从狄克手里拿过船桨，拼命划了起来，因为用力太猛，脸都涨得通红。

朱利安乐不可支地看着乔治。要跟上她疯狂划桨的节奏，对他来说也很困难，但他什么也没说。他心里明白，乔治这么疯狂划桨，只是为了掩饰她跟提米分离的痛苦。乔治老妹真有意思！她对什么事都反应强烈：高兴起来欣喜若狂，如同飞上云天；失望或生气时垂头丧气，仿佛跌入深渊。

大家尽可能多说话，这样乔治就会以为他们没注意到她跟提米分离的痛苦。当然啦，他们谈的主要是那个来历不明的岛客，他的突然到来显得神秘莫测。

“他是怎么来到岛上的？肯定不会有渔民送他上岛，”狄克说，“当然啦，他一定是在夜里去的。而且，除了乔治，我不认为还有谁在夜里认得航道或者胆敢去探路。这些暗礁靠得太近，离水面也很近，任何小船只要偏离正确航道一码，船底就会撞出洞来！”

“没有人能从岸边游到岛上，”安说，“距离太远了，而且暗礁上面海水波涛汹涌。老实说，我怀疑岛上根本没有人，也许那截烟头是旧的呢。”

“看上去不是旧的，”朱利安说，“唉，我真是想不

明白那个人是怎么过去的！”

朱利安陷入沉思，推敲各种可能或者不可能的方法。接着，他惊呼一声，大家都看着他。

“我刚才在想：有没有可能来过一架飞机，有人从飞机里跳伞到岛上？有一天晚上我的确听到了一阵轰鸣声——是昨天晚上吗？当然啦，那一定是飞机引擎的声音！有没有可能有人被空降到岛上了？”

“很有可能，”狄克说，“朱，我觉得你说到点子上了！你真棒！不过，我说——无论是谁，甘愿冒险在黑夜里空降到这样一个小岛，他的任务一定非常急迫。”

非常急迫！听起来不妙。安脊背有点儿发麻。“我真高兴提米留在岛上了。”她说。大家深有同感，对，连乔治也深有同感！

想想吧

1. 提米愿意留在岛上守卫乔治的爸爸吗？

2. 乔治同意把提米留在岛上陪爸爸吗？她对爸爸提出了什么要求？

3. 乔治的妈妈是如何说服乔治的？

第十二章　再查古地图

他们在岛上待的时间不长，由于早早就吃了午饭，回到家时才一点半，乔安娜见到他们时显得很惊讶。

“哟，回来了！”她说，“希望你们不用再吃一顿午饭，因为要等我去趟肉铺之后，家里才有吃的！”

“不吃了，乔安娜，我们在岛上吃过午餐了，”乔治妈妈说，“幸亏我们带了很多吃的，午餐差不多有一半被我丈夫吃掉了！我们给他煲的靓汤他还没喝呢，现在肯定馊了。”

“唉，男人啊！跟孩子一样淘气！”乔安娜说。

“哎哟！”乔治说，“乔安娜，你真以为我们当中有谁会让你煲的靓汤馊掉吗？你很清楚，我们很可能在该喝汤之前就把汤喝光了！”

“没错，我不会责怪你们四个孩子中的任何一个或者提米不好好吃饭，”乔安娜说，“你们的战斗力可强

了。对了，提米呢？”

“我把它留在岛上了，让它保护爸爸。”乔治说。乔安娜惊讶地盯着她，她知道乔治有多么喜爱提米。

“你真是个好姑娘——有时候！”她说，“嘿，如果因为你爸爸把你们的午餐吃了一大半，你中午没吃饱的话，去饼干桶看看，今天早上我做了你最喜欢吃的姜饼。去找饼干吃吧。”

这就是乔安娜的风格！如果她觉得有谁伤心难过，就会把最可口最新鲜的东西给他吃。乔治找饼干去了。

“乔安娜，你真好！”乔治妈妈说，“多亏我们把提米留在岛上了，现在我对我丈夫放心多了。”

“今天下午我们干什么呢？”大家吃完可口的姜饼后，狄克问大家，“嘿，这些姜饼太好吃了！呃，我真的认为好厨师应该获得勋章，就像英勇的士兵、杰出的科学家或出类拔萃的作家会获得勋章一样。我要给乔安娜颁发 OBCBE 奖。”

“那是什么奖？”朱利安问道。

“大英帝国最佳厨师勋章，”狄克笑着说，“你以为是什么勋章呢？是‘噢，饭前小心’[①]？”

① “大英帝国最佳厨师勋章”（Order of the Best Cooks of the British Empire）首字母 OBCBE 与“噢，饭前小心”（Oh Be Careful Before Eating）首字母相同。此处狄克在开玩笑，玩文字游戏。

“真是个十足的傻瓜，”朱利安说，“好啦，今天下午我们干什么？”

“去探一探采石场的地道吧。”乔治提议。

朱利安往窗外看了一眼。“马上就要下大雨了，”他说，“我想雨天从陡峭的采石场斜坡爬上爬下不太容易。算了，等哪天天晴再去吧。”

“我来告诉你们咱们下午干什么，”安冷不丁说道，“你们还记得那幅柯林堡的古地图吗？我们在一个盒子里找到的，地图上有城堡的平面图，有地牢、底层和顶层的平面图。好啦，我们去把地图找出来研究研究！现在我们知道在某处还有一个藏身的地方，兴许我们能从古地图上找到线索呢。那个隐身处肯定在地图上的什么位置——只是我们以前没注意到罢了！”

大家兴奋地看着她。“安，这个主意真好。”朱利安夸奖妹妹。得到长兄的夸奖，安的脸上洋溢着兴奋的光芒。“这个主意确实好，正适合打发雨天的午后时光。地图在哪儿？乔治，我猜你把它收好了？”

“对，收得好好的，”乔治说，“还放在那个古老的木匣子里，有一层锡纸包着呢。我去把地图拿下来。”

乔治跑上楼，把地图拿了下来。地图画在一张厚厚的羊皮纸上，因年代久远，羊皮纸已经发黄了。她

把地图摊在桌子上，其他人弯下腰去，迫不及待地想要再看一眼。

“你们还记得吗？我们当初发现这个盒子时是多么激动啊！”狄克说。

“记得，我们打不开盒子，就把它从楼上的窗口往外面的地上扔，希望能把它摔开！”乔治说。

“盒子‘哗啦’一声摔到地上，把昆丁叔叔吵醒了，”安呵呵地笑着说，“他跑出来把盒子没收了，不给我们了！”

“天哪，是的，可怜的朱利安只好等叔叔睡着了再溜进房间里拿到盒子，看看里面有什么宝贝！”狄克补充道，“我们发现了这幅地图，当时我们非常仔细地研究过它的！”

他们再次查看地图。正如安所言，地图由三部分组成：地牢、底层和顶层平面图。

“不用劳神查看城堡顶层的平面图了，”狄克说，“城堡都坍塌损毁了。除了那座塔，实际上没有什么东西留下来。”

“嘿！”朱利安突然用手指着地图上的一个点说：“你们还记得吗？有两个入口通向地牢，有一个我们好不容易找到了，另一个似乎在那个小石屋里。也就

是说，还有一个入口我们从没找到，对吧？”

“是的，我们没找到！”乔治兴奋地说着，把朱利安的手指从地图上推开，“瞧，这里显示有台阶——在那个小房间里，所以，这里一定有个入口！这里是另一段台阶，就是我们在古井附近找到的那段台阶。”

“我记得我们在小石屋里仔细找过了，”狄克说，“我们把每一块石头边的杂草都拔掉，但最后放弃了。后来我们找到了另一个入口，就把这个给忘到九霄云外了。”

“我想老爸发现了我们之前没有找到的入口！”乔治兴高采烈地说，“很明显，入口通往地下。从地图看不出入口是不是跟我们找到的地牢相连，这里有点儿模糊。但是，很明显，这里有一个入口，有石阶通到地下的某个地方！瞧，从台阶下去标有地道或隧道——天知道通往哪里，这里很模糊。”

“我猜台阶连着地牢，”朱利安说，“我们从来没有把地牢全部走遍，呃，地牢面积很大，神秘得很。如果我们把地牢都走遍了，也许会踏上通往那个小房间附近的台阶。不过，这些台阶现在可能已经坍塌了。”

“不，不可能，”乔治说，“我完全肯定那就是老爸找到的入口，让我来告诉你们可能的证据。”

“什么证据？”大家问道。

“呃，你们还记得吗？我们第一次去看爸爸的那一天，”乔治说，“他不肯让我们多待一会儿，还亲自送我们上了小船。呃，我们想看看他往哪里走了，但没看到。不过，狄克说他看到一群寒鸦飞起来，像是突然受到了惊扰，他还猜老爸是不是朝那个方向走的。”

朱利安吹了一声口哨。“对哦，寒鸦在塔里筑巢安家，塔在小石屋旁边，谁走进小房间都会惊扰寒鸦。乔治，我觉得你说的有道理。”

“我一直很困惑，昆丁叔叔有可能在哪里工作，”狄克说，“我就是解不开这个谜团，但现在我想我们解开了！”

“不知道老爸是怎么找到他的藏身地的，”乔治若有所思地说，“我还是觉得他小气，不肯告诉我。”

“他这么做一定有原因的，”狄克通情达理地说，“不要又在这里耿耿于怀了！”

“我没有耿耿于怀，”乔治说，“我只是想不明白，仅此而已。我恨不得我们能立刻划船去岛上探险！”

“是啊。我打赌我们现在就能找到入口，”狄克说，“入口在哪里，你爸爸一定留下了什么痕迹，比如说有一块石头比别的石头干净点啦，杂草被拔掉啦，诸

如此类。”

“你们觉得岛上那个不明身份的敌人知道昆丁叔叔的藏身地吗？”安突然问，“老天爷，真希望他不知道！要是他知道，他不费吹灰之力就可以把叔叔关在里面了。”

“呃，他不是去关叔叔禁闭的，他是去窃取或发现叔叔的机密的，”朱利安说，“天哪，多亏有提米在他身边，提米能对付一打敌人。”

“如果他们有枪就不行。”乔治低声说。大家沉默不语。想到提米落在枪口下可不是什么好事。这样的事情在他们之前的历险中发生过一两次，他们不愿意想象这样的事情再次发生。

“好啦，别想那样的傻事了，”狄克说完后站了起来，“我们度过了非常有趣的半个小时。我想我们解开了那个谜团。不过，我觉得，乔治，要等你爸爸完成实验，离开柯林岛，我们才能得到确切答案，那时我们就可以去岛上尽情地探险了。”

“还在下雨，”安看着窗外说，“但现在天色亮了一点，看样子太阳很快就会出来了。我们出去走走吧。”

“我要到海岸警卫员的小屋去，”乔治马上说，“我要用他的望远镜，试试能不能看到提米一眼。”

“试试双筒望远镜吧，”朱利安建议，“带上双筒望远镜到楼顶去看看。”

“好，我试试，”乔治说，“谢谢你的好主意。”

望远镜挂在客厅里。她把望远镜从皮套里取出来，跑到楼上，但很快就满脸失望地下来了。

“房子不够高，岛上看不全。当然了，塔顶的玻璃房看得很清楚，但单筒望远镜功能更强大，看得更清楚。我要去悬崖上看一眼。如果你们不想去，就不用去了。”说完，她把双筒望远镜放回皮套里。

“唔，我们都要去看看提米老兄，”狄克一边说一边站了起来，“而且我可以告诉你我们会看到什么情景！”

“会看到什么呀？”乔治惊奇地问道。

“我们会看到提米放飞自我，尽情地追逐岛上的每一只野兔！”狄克笑着回答，“啊呀！你不用担心提米的一日三餐！它会早餐吃野兔，晚餐吃野兔，下午茶也吃野兔，还会去它最喜爱的水槽里喝雨水。对提米老兄来说，这样的生活真不赖！”

“它才不会干这种事呢，”乔治说，“他会紧跟着老爸，压根儿不会去想野兔！”

“如果你这么想，那你就太不了解提米了。”狄克见乔治气得满脸通红，赶紧躲开，“我猜这就是它愿意

留在岛上的原因，就为了抓野兔！”

乔治操起一本书朝狄克扔去，书“哗啦”一声打在地板上。安咯咯地笑着。“好了，你们两个别吵了，再吵我们永远也出不了门了。朱，走吧，不等那两个斗嘴的人了。”

想想吧

1. 如果乔安娜觉得有谁伤心难过，她会怎么安抚他们？

2. 今天五个小伙伴去探查采石场的地道吗？

3. 乔治用双筒望远镜到楼顶观望柯林岛，她看到提米了吗？

第十三章　跟马丁共度下午时光

孩子们走到海岸警卫员的小屋时，太阳已经出来了。这是典型的四月天，阵雨过后，太阳公公又露出了笑脸。阳光普照，万物都闪烁着光芒，尤其是大海，海面波光粼粼。地上很湿，但孩子们穿了橡胶雨靴。

他们去找海岸警卫员。跟往常一样，他在棚子里，一边哼着歌儿，一边用锤子敲打着什么东西。

“你们好啊。”他跟小朋友们打招呼，红通通的脸上堆满了笑容，“我刚才还在想你们什么时候上来看我。你们觉得我做的这个玩具火车站怎么样？”

“比我在商店里看到的玩具好多了。”安一脸崇拜地说。毫无疑问，海岸警卫员精雕细刻，把玩具火车站做得非常精致。

他朝一些小木头人儿点点头，木头人有脚夫、乘警和乘客。“这些小人等着刷油漆上色呢，”他说，“那

个马丁答应过来帮我上色，他刷油漆时手真巧，是个真正的艺术家，不过他出了点意外。”

“是吗？出什么事了？”朱利安问道。

“我不太清楚。今天早上他是被他父亲搀回家的，”海岸警卫员说，“他一定是在哪里滑倒摔伤了。我去问了，但科腾先生忙着把男孩安顿在沙发上，没空理我。你们为什么不过去问候一下呢？他有点儿古怪，但人不坏。”

“好，我们过去问候一下，”朱利安说，“呃，我们想用您的望远镜看看柯林岛，可以吗？”

“可以，随便怎么看都行！”老人说。“嘿，看一下又看不坏！乔治，昨晚我碰巧看到你爸爸从实验塔上发出的信号了。他闪了很久的光，对吧？”

“是的，”乔治说，“谢谢您。现在我要去看一眼。”

她来到望远镜前，把镜头对准她的岛。但无论她往哪里看，都看不到提米和爸爸。他们一定在下面的工作室里。她往塔顶的玻璃房看去，当然啦，玻璃房里也是空无一人。她叹了一口气，要是能见到提米该多好啊。

其他人都用望远镜看了看小岛，但谁也没看到提米。很明显，它紧跟着主人——它可是真正的小警卫！

阳光普照，万物都闪烁着光芒，尤其是大海，海面波光粼粼

“好啦，我们要不要去隔壁看看马丁怎么样了？”大家都用望远镜看过小岛之后，朱利安问道，“又要下雨了，四月的又一场阵雨！我们可以在隔壁等到雨停。”

“好啊，走吧。”狄克说完看了乔治一眼，“不必担心我会失礼，乔治。既然我知道科腾先生是记者，我就不用担心他了。”

“同样——我也不‘泄密’了，”乔治笑着说，“现在我明白你的意思了，即便不要紧，我也不‘大嘴巴’了。”

“这就对了！”狄克高兴地说，“说话像男生了！”

“笨蛋！”乔治嘴里骂着，但心里乐滋滋的。

他们从隔壁小屋的前门鱼贯而入，刚进门就听到一个怒气冲冲的声音：

“好啦，不行！老是要鼓捣什么刷子啦，油漆啦，我还以为我打消了你这个念头呢。好好躺着，给我把脚踝养好。我正需要你帮忙的时候，你却把脚给崴了！”

安觉得害怕，停下了脚步。他们从打开的窗户听出那是科腾先生的声音。很明显，他在为什么事教训马丁。其他人也停下了脚步，犹豫着要不要走进屋子。

不一会儿，他们就听到“砰”的一声，发现科腾先生从后门离开了小屋。他疾步穿过花园，往悬崖后

面的小路走去，悬崖后有一条路通往村里。

“好了，他走了，而且没看见我们！”狄克说，“谁能想到这样一个和蔼可亲、面带微笑的人，发起脾气来嗓门这么粗这么凶！走吧，乘这个机会，去看看可怜的马丁。”

他们敲了敲门。“是我们！”朱利安欢快地叫道，“可以进来吗？”

“请进！”马丁在屋里大声说道，听起来很开心。朱利安打开门，大家走了进去。

“嘿！听说你出了点意外，”朱利安说，“你怎么样？伤得严重吗？”

“不要紧，只是崴了一下脚踝，走路很痛，我是被搀扶着走上来的，”马丁说，“笨手笨脚的！”

“这样啊。如果只是崴了一下，那很快就会康复的，”狄克说，“我就经常崴脚。关键是能走的时候就尽量走。你是在哪里摔的？”

大家惊讶地发现马丁的脸唰地红了。“呃，我跟爸爸在采石场边沿走着，不小心滑了一跤，滚下去好远。”他说。

大伙沉默了片刻之后，乔治开口了。“喂，”她说，“希望你没把我们的小秘密透露给你爸爸。我是说，

大人知道我们的秘密之后就没那么好玩了。他们想到处窥探，但我们自己去发现会更好玩。你没把岩架下的洞告诉他吧？”

马丁犹豫了一下。“恐怕我说了，”他终于开口了，“我以为不要紧。对不起！”

“噗！”狄克说，“那是我们的小发现。我们本来想今天下午去探险的，但我们觉得地面太湿了，会从陡坡上摔下去。”

朱利安目光犀利地看着马丁。“我猜你是从陡坡摔下去的，”他说，“你想爬下去，结果滑倒了！”

“是的，”马丁说，“如果你们认为这是你们的秘密的话，那我很抱歉。我只是觉得有意思，跟我爸爸提了一下，呃，找点话题，然后他就想亲自下去探个究竟。”

“我猜记者都是这样，”狄克说，“如果有什么需要调查的，他们就会去现场。这是他们的工作。好啦，马丁，别往心里去。不过你要尽量把你爸爸的注意力从采石场引开。在他插手之前，我们想先去考察一下，尽管可能不会有任何发现！”

谁也不知道说什么好，出现了片刻的冷场。跟马丁交谈很困难，他说话不像一般的男生——他从不开

玩笑，也不说傻话。

“你躺在这儿不觉得无聊吗？”安满怀同情地问马丁。

“是的，很无聊。我答应海岸警卫员给他的小木头人刷油漆上色，我想要爸爸过去叫他把东西送过来，”马丁说，“但爸爸不许我做。知道吗，我就是热爱绘画，即便是给玩具脚夫和警卫画衣服这样的小事我也热爱，只要手上有刷子和颜料可以选择就行！”

这是马丁第一次跟四个孩子说出这么多的话！说着说着，他就容光焕发，把先前呆滞无趣的表情一扫而光。

“哦，你想成为艺术家吧，”安说，“我也想！”

“安！你连一只猫都画不像！”狄克嘲笑她，“你画的奶牛，我还以为是大象呢。”

马丁笑眯眯地看着安气鼓鼓的脸。“我给你们看看我的画，”他说，“我得把画藏好，因为爸爸不许我成为艺术家！”

“如果不方便，你就别起来了，”朱利安说，“我去给你拿。”

“没事。如果尝试走路对我有好处，我就走一走。”马丁说完从沙发上起身，右脚小心翼翼地踩到地板

上，站了起来。“不是那么糟糕嘛！”说完他一瘸一拐地穿过房间，来到书架前，把手伸进第二排书后面，取出一个又大又平整的硬纸箱。他把箱子拿到桌子上打开，摊开一些画。

“天哪！”安惊叹道，“画得真好！这些画真的是你画的吗？”

对于一个年轻人来说，能画出这些画来真的让人觉得不可思议，因为他画的都是些花呀，树呀，鸟呀，蝴蝶呀，笔法和着色近乎完美，细节也处理得非常到位。

朱利安惊讶地看着这些画，毫无疑问，这个男孩很有天赋。哇，这些画可以跟他在画展上看到的任何画作相媲美！他拿起几幅画，走到窗前。

“你的意思是你爸爸觉得这些画不好，觉得让你去接受艺术教育不值得，是吗？”他惊讶地问道。

“他讨厌我的画，”马丁心酸地说，“我从学校逃出来，到了一所艺术学校学习，但是被他逮着了。他不允许我再想绘画的事，他认为男人画画是懦弱无能的体现。所以，现在我只能偷着画。”

孩子们满怀同情地看着马丁。对他们来说，一个男孩没有妈妈就已经够悲惨了，却还要摊上一个讨厌

儿子做自己最热爱的事的爸爸。难怪他总是显得那么无精打采，那么愁眉苦脸。

“运气真不好，”朱利安终于开口了，“希望我们能帮你做点什么。”

“那就去海岸警卫员那里帮我把那些小木头人和油漆罐拿过来，好吗？”马丁迫不及待地说，“老爸要到六点钟才回来，我有足够的时间刷油漆。你们一定要留下来跟我一起喝下午茶哦。待在这悬崖上真无聊。真讨厌。”

“好，我去帮你把东西拿过来，”朱利安说，“我就是想不明白，如果你愿意，为什么就不能做点自娱自乐的事。我们给婶婶打电话，告诉她我们在这里喝下午茶，我们不会把你的东西都吃光的！”

“啊呀，太好了！”马丁确实很高兴，“家里吃的东西多着呢。我爸爸胃口大得很。嘿，非常感谢。”

朱利安给婶婶打电话，两个女孩和狄克去海岸警卫员家拿小木头人和油漆。他们把小木头人在马丁旁边的桌子上排成一溜。见到这些东西，马丁立刻两眼放光，就像变了一个人似的。

“太棒了！”他说，“现在我可以开工了！做这点小事微不足道，但可以帮帮隔壁的老人。我鼓捣刷子

和油漆的时候总是很开心！”

给那些小木头人刷油漆，马丁非常非常利索。他动作麻利娴熟，安坐在旁边，看得入了迷。乔治则去食品柜找茶点。吃的东西可真多啊！她切了些面包和黄油，找到一些新鲜蜂蜜，拿出一块大大的巧克力蛋糕和一些姜饼，烧了一壶水。

“嘿，真是太棒了，”马丁重复说道，“希望我爸爸八点钟才回来。对了，你们的狗呢？我以为你们走到哪里，它都会跟到哪里呢。提米呢？”

想想吧

1. 马丁出了什么意外？

2. 兄妹四个今天用望远镜看到提米了吗？

3. 马丁热爱什么？科腾先生支持马丁的追求吗？为什么？

第十四章　乔治震惊了

狄克看着乔治，他觉得把提米在哪里告诉马丁也无妨，只要乔治不透露提米留在岛上的原因就行。

但乔治现在打算管住嘴巴了。他看着马丁，漫不经心地说：“哦，提米啊？今天没带它出来，它好着呢。”

“我猜它跟你妈妈购物去了，希望能去趟肉铺吧！”马丁说。这是他第一次跟孩子们开玩笑，他们开怀大笑，尽管玩笑干巴巴的。马丁显得很开心。他一边灵巧地给小木头人刷上红色、蓝色和绿色的油漆，一边开始酝酿下一个小笑话。

下午茶大家胡吃海喝，不知不觉，时钟指向五点三刻，两个女孩小心翼翼地把小木头人送回到海岸警卫员家里。见到上好油漆的小人，海岸警卫员高兴极了。狄克把小油漆罐送回来，刷子泡在一罐松节油里。

“嘿嘿，那个孩子的手真灵巧，是吧？”海岸警卫员瞅着小木头人，高兴地说，“他看起来有点闷闷不乐，但人不坏！”

“趁天还没黑，让我用您的望远镜再看一眼小岛吧。”乔治说。

她把望远镜对准她的小岛，但还是没看到提米和爸爸的身影。她搜寻了一会儿，然后回去跟大家会合。大家扬起眉毛问她，她摇了摇头。

他们把茶具清洗干净，把东西收拾整齐。他们并不想等科腾先生回来跟他见面。现在他们知道他对马丁那么苛刻，觉得好像不太喜欢他了。

“多谢你们陪我度过了一个愉快的下午，”马丁说完一瘸一拐地把他们送到门口，“让我刷油漆上色我已经很开心了，更何况还有你们的陪伴。”

“你要坚持画画，”朱利安说，“如果你坚信这就是你想做的事，就要全力以赴。明白吗？”

“明白。”马丁说完，又变得黯然神伤，“但是，有些事情使画画的事变得很困难，那些事情我不便透露。好了，没关系！我敢说，总有一天，一切都会好起来的，我会成为有名的艺术家，我的画会在学园展出的！”

“走了，快点，”狄克低声对朱利安说，“他爸爸回来了！”

他们急忙走出来，沿着悬崖小路往下走，眼角的余光瞟到科腾先生从另一条小路走来。

“可怕的人！”安说，“不许马丁做他真正想做的事。但他表面上又那么和气，乐呵呵地跟我们混在一起。”

“混在一起，”狄克觉得安的这个说法很好笑，“但很多人都是这副德性，人前一套，人后一套。”

“希望科腾先生还没去探察采石场斜坡下的地道。”乔治边说边回头，看见那人走进自家后门，“如果他插一脚进来，那就太扫兴了。我的意思是，也许我们根本不会有任何发现，但即便我们一无所获，那也是一种乐趣。”

“我被你绕晕了！”狄克笑着说，“不过我明白你的意思了。嘿，下午茶真不错！”

“很好。”乔治看看四周，心不在焉地回答。

“怎么了？”狄克问道，“你在找什么东西呀？”

“哦，我真傻，我在找提米呢，”乔治说，“唉，我习惯了它总是跟着我跑前跑后，现在它不在这里，我还真不习惯。”

“对，我也有点同感，”朱利安说，“就好像少了点什么。好提姆老兄！我们都很想它，我们大家，尤其乔治你是最想它的啦。”

“是啊，特别是晚上睡觉的时候，”乔治说，“我会好久好久都睡不着。”

“你睡觉时我用毯子包一个垫子搁在你脚上，”狄克说，“那样就感觉像提米了！”

“才不会呢！别傻了，”乔治没好气地说，“而且，垫子闻起来也不可能像它。提米可好闻了。”

“对，一股提米的气味，”安表示赞同，“我也喜欢那股味儿。”

晚上大家又玩大富翁，一盘接一盘，时间过得很快。游戏过后，朱利安躺在床上，等着看叔叔发信号。不用说，乔治也在窗前！他们等着十点半的到来。

“时间到！”朱利安话音未落，塔里的手提灯就射来了第一道光。

“一，”乔治数道，“二——三——四——五——六！”她焦急地等待着，看后面会不会还有闪光，但没有了。

“现在你可以放心去睡觉了，”朱利安对乔治说，“你爸爸平安无事，这意味着提米也平安无事。也许

他记得晚餐给提米吃顿好的，他自己也顺带着吃了！”

“哎，如果他忘了喂提米，提米很快就会提醒他的。”乔治说着走出两个男生的卧室，“晚安，狄克！晚安，朱！明早见。”

她回到自己的床上，躺下来盖好被单。没有提米睡在脚上，感觉怪怪的。她在床上辗转反侧，翻了好一会儿，心里惦念着提米，然后突然就睡着了。她梦见自己的岛，梦见跟提米在岛上——在地牢里发现了金砖。多美的梦啊！

第二天早上又是晴空万里。四月的天空就像花园里绽放的勿忘我一样蓝莹莹的。早餐时，乔治在餐厅的窗前伫立凝望，想着提米是不是正在她的岛上奔跑撒欢儿。

“在想提米呢？”朱利安大笑着说，“没关系啦，很快你就可以见到它了，乔治。再过个把小时，你就可以用海岸警卫员的望远镜看个够了！”

“如果十点半提姆跟你爸爸在实验塔里，你觉得真能看到它吗？”妈妈问乔治，“我觉得你可能看不到。”

“能看到，妈妈，我能看到，”乔治说，“那架望远镜看得很远，你知道的。我上楼去把床铺整理好，然后我就去悬崖小道。还有人要去吗？”

“我需要安帮忙整理东西，”妈妈说，“我要找些旧衣服给教区牧师的夫人义卖。安，你可以帮我吧？”

“好啊，我很乐意，”安马上回答，“两位男生打算干什么呀？”

“我想今天上午我得写作业了，”朱利安叹了一口气，“我真不想写作业啊，一直拖着没写。狄克，你最好也把作业写了。你最了解你自己啦，一不小心，就把作业都留到假期的最后一天了！”

“好吧，我也写作业吧，”狄克说，“乔治，你一个人去海岸警卫员的小屋没问题吧？”

“完全没问题，”乔治回答道，“十点半一过，一看到提米和老爸，我就回来。”

乔治上楼整理床铺去了，朱利安和狄克去拿书。安也上楼整好了床铺，然后下楼给婶婶打下手。几分钟后，乔治喊了一声“再见”就冲出了屋子。

“真像一阵飓风！”妈妈说，“好像乔治只要能跑就从来不会走。来，安，把衣服分成三堆：旧的，半新不旧的，新的。”

十点半之前，朱利安来到卧室的窗前耐心等待叔叔的信号。十点半刚过几秒就传来闪光——一、二、三、四、五、六——很好！今天乔治可以把心放到肚

子里了。也许下午他们就可以去采石场。朱利安继续看书，很快就埋头苦读起来，狄克则在旁边嘟嘟哝哝。

大约在差 5 分 11 点的时候，从外面传来奔跑的脚步声和喘息声。乔治出现在起居室门口，两个男生在那里写作业。他们抬起头来。

只见乔治脸色绯红，头发被风吹得乱蓬蓬的。她上气不接下气地说:“朱利安！狄克！出事了，提米不在那里！”

“你这是什么意思？”朱利安惊讶地问道。乔治颓然倒在一张椅子上，嘴里仍然喘着粗气。两个男孩发现她的身子在颤抖。

“朱利安，很要紧！告诉你，信号传来时提米不在实验塔里！”

“啊呀，这只能说明你那位健忘的爸爸忘记带它上去，”朱利安用非常淡定的语气说道，“你看到什么了？”

“我的眼睛一刻也没离开过望远镜，”乔治说，“突然，我看到有人到了塔顶的小玻璃房。当然啦，我马上就开始寻找提米，但是，我告诉你，它不在那里！闪了六道光，然后那个人不见了，就这些了。不，提米！哎呀，朱利安，我真的担心死了。”

“好啦，别担心，”朱利安宽慰乔治，“老实说，我就知道会这样。你爸爸忘记带提米上去了。不管怎么说，如果你看到你爸爸了，就说明一切正常。”

“我想的不是老爸！”乔治嚷道，“如果他闪光发信号了，他一定平安无事，我想的是提米。哎呀呀，即便老爸忘了带它上去，它也会跟着上去的。你知道的！”

“也许你爸爸把下面的门锁上了，提米上不去。”狄克说。

“有可能。”乔治皱着眉头说道。她没想过这种可能。“哎呀！现在我一整天都不得安生了。为什么我不跟提米一起留在岛上呀？现在我该怎么办呀？”

“等到明天早上吧，”狄克说，“也许到时候你就会发现提姆老兄平安无事。”

“明天早上！哎呀，还有那么久啊！”可怜的乔治说道。她双手托着头，唉声叹气。“哎呀，没有人知道我有多么爱提米。朱利安，如果你也养了一条狗，你也许就能理解。这是一种很强烈的感情，真的。哎哟，提米，你没事吧？”

“它当然没事啦，”朱利安不耐烦地说，“乔治，冷静点儿。”

“我感觉好像不对劲，”乔治执拗地说，“朱利安，我想我最好去岛上看看。”

“不要去啦，”朱利安当即反对，“别傻了，乔治。除你爸爸健忘之外，什么事也没有。他已经发信号报平安了，这就够了！不要去岛上跟他大吵大闹，丢人现眼！”

“好吧，我会尽量保持耐心。”乔治出乎意料地变温顺了。她站起来，显得很焦虑。朱利安缓和了一下语气：

“打起精神来，老妹！你确实喜欢感情用事！”

想想吧

1. 乔治晚上做了什么美梦?
2. 今天安帮忙婶婶干什么活儿?
3. 朱利安和狄克今天打算干什么?

第十五章　午　夜

乔治不再嘟哝自己对提米的牵挂。她的蓝眼睛里流露出焦虑的神色，但她很理智，没跟妈妈说爸爸发信号时提米不在玻璃房里让她多么地担心。

当然啦，她提了一下，但母亲的观点跟朱利安一致："瞧！我就知道他会忘记把提米带到塔顶的！他工作时总是那么健忘。"

孩子们决定下午去采石场，到岩架下的隧道里探险。吃完午饭他们就出发了，来到采石场时，发现头天的大雨把陡坡冲得又湿又滑，太危险了，他们不敢下去。

"瞧，"朱利安指着倒伏的小灌木和小植物说，"我敢打赌昨天马丁就是在那里摔倒的！摔那么一跤，脖子都有可能摔断！"

"是的。我建议我们还是等斜坡跟那天一样干时再

下去。”狄克提议。

真令人失望！他们带了几把手电筒和一根绳子，期待着会有小惊喜。“那我们干什么呢？”朱利安问大家。

“我要回家了，”乔治出乎意料地说，“我累了。你们几个逛去吧。”

安看了看乔治，乔治的脸色看起来真的很苍白。

“乔治，我跟你一起回去吧。”安说完伸手挽住了堂姐的胳膊，但乔治把她的手甩开了。

“不了，谢谢你，安。我想单独待一会儿。”

“好吧，那我们上悬崖去吧，”朱利安说，“悬崖上风景很好，还有风。乔治，回头见！”

他们走了，乔治转身朝柯林雅舍飞奔而去。妈妈不在家，乔安娜在楼上的卧室里。乔治去食品柜里拿了几样东西，把东西打好包，然后冲出屋子。

她找到小渔民詹姆斯。“詹姆斯！你不许告诉别人。今晚我要去柯林岛，因为我很担心提米，我们把它留在岛上了。晚上十点帮我备好小船！”

詹姆斯时刻准备着为乔治做事。他点了点头，什么也没问。“好的。小船会准备好的。有什么东西要放到船上吗？”

“有，这个包裹，”乔治回答道，“好了，詹姆斯，不许出卖我。如果发现提姆平安无事，我明天就回来。”

她又飞奔回家，希望乔安娜没发现食品柜的架子上少了东西。

“如果这么做错了，我也是身不由己，”她不停地自言自语，“我知道提米不对劲，而且我对老爸一点都不放心。他跟我郑重承诺过，会带着提米到塔顶，他应该不会食言。我得去岛上。如果这么做不对，我也是身不由己！”

其他人从外面逛回来了，见乔治如此坐立不安，不明白她哪里不对劲。他们喝了下午茶，然后帮着范妮婶婶打理花园。乔治也一起帮忙，但她的心思不在花园里。妈妈有两次叫她住手，不要把秧苗当成杂草给拔了。

就寝的时间到了。两个女孩大约在九点三刻上床。安累了，头一挨枕头就睡着了。一听到安均匀的呼吸声，乔治就悄悄地爬了起来，穿上衣服。她穿上最暖和的运动衫，拿上雨衣、橡胶雨靴和一块厚毯子，蹑手蹑脚地走到楼下。

她从侧门出去，走进夜色之中。天空泻下淡淡的月光，因此外面不像往常那么黑。乔治很高兴，现在

她可以借助微弱的月光隐约看到穿越岩礁的航道了，尽管她确信即便在茫茫黑夜她也能划船穿过岩礁！

詹姆斯备好小船在那里等她。“东西都放船上了，”詹姆斯说，“我来把小船推下海。一定要小心！万一小船真的触礁，进水了往下沉，就要使劲地划。准备好了吗？”

乔治出发了。听到海水拍打着船帮的声音，她如释重负地舒了一口气，使劲划起桨来，小船离开了海岸。她一边划，一边皱眉思索：可能会用到的东西都带齐了吗？她带了两把手电筒、好多吃的、一个开瓶器、一些喝的，还有一条准备今晚裹在身上保暖用的厚毯子。

在柯林雅舍那边，朱利安正躺在床上等叔叔发信号。十点半，信号该来了。啊，来了！一、二、三、四、五、六！很好。整整六道闪光，没有多余的了！

他纳闷乔治怎么不到他和狄克的卧室里来数信号，昨晚她是来了的。他从床上下来，轻手轻脚地走到乔治的卧室门口，探头进去。“乔治！”他轻声叫道，“你爸爸刚才又发信号来了，平安无事。”

没有人回应。朱利安听到均匀的呼吸声，便转身回房睡觉去了。姑娘们一定睡着了！这么看来，现在

乔治真的不那么担心提米了！朱利安回到床上，很快就进入梦乡。他根本想不到乔治的床铺是空的，更想不到乔治此时此刻正在跟护卫柯林岛的海浪搏击呢！

这一切比她预料的要困难得多。月光暗淡，她迫切需要月光，哪怕只是一丝亮光，可这时月亮却恶作剧一般躲到云层后面去了。不过，她最终还是动作娴熟地让小船从暗礁之间穿过去了。谢天谢地，海浪较高，大部分礁石离水面较远！

乔治划着小船终于来到了风平浪静的小港湾。她微微地喘着气，尽可能地把小船往沙滩上面拖，然后站在黑暗中苦苦思索下一步该如何行动。

接下来该怎么办呢？她不知道爸爸的隐身处在哪里，但她觉得入口肯定在小石屋里或者附近。要不要去小石屋呢？

对，去小石屋，毕竟，那里是晚上唯一可以遮风避雨的地方。到了那里，就可以打开手电，仔细搜寻，看看能否找到通向爸爸隐身处的入口。如果找到了，她就进去，爸爸一定会喜出望外！如果提米老兄在那儿，它会高兴得发狂的。

乔治拿起沉重的包裹，把毯子搭在胳膊上，向小石屋走去。她还不敢拧亮手电筒，怕那个身份不明的

敌人就潜藏在附近，毕竟父亲在晚上听到了那人的咳嗽声！

乔治并不害怕，她甚至都没想到过害怕这两个字。她一心一意要找到提米，确认它平安无事。

乔治来到小石屋。当然了，屋里漆黑一片，连一丝微弱的月光都没照进来。乔治只好拧亮手电筒。

乔治把包裹放在屋后面的古壁龛旁边，靠墙放好，把毯子搭在上面，关掉手电筒，坐下来休息一下。

过了一会儿，她小心翼翼地站起来，再次拧亮手电筒，开始寻找父亲的藏身处。入口可能在哪里呢？她用手电筒照着屋子里的每一块方形石板，但没有一块石板看起来像是被搬动过或者被撬动过，没有任何迹象显示这里可能有地下入口。

乔治沿着墙壁往前，借助手电光仔细查看四面墙壁。没有，也没有任何迹象显示石墙后隐藏了秘密通道。真让人着急死了！要是知道通道在哪里该多好！

乔治把毯子裹在身上，坐下来苦苦思索，想解开隐藏的入口之谜。此刻的夜晚寒气逼人，她冷得瑟瑟发抖。

不一会儿，乔治听到了一个声音！她吓了一跳，全身的神经一下子绷紧了。她使劲地屏住呼吸，凝神

倾听。那是什么声音?

先是一阵奇怪的刺耳的声音，紧接着是轻轻的“砰”的一声。声音来自壁龛，很久很久以前，人们在这里点燃木柴，燃起大火！乔治坐在那里，睁大眼睛，竖起耳朵，一动不动。

她看到壁龛里有一束光，接着听到一个男人的咳嗽声！

那是爸爸吗？有时他也咳嗽。乔治仔细倾听。那束光更亮了。接着她听见另一个声音，像是有人从什么地方跳下来！然后，她听到说话声！

“下来吧！”

那不是爸爸的声音！乔治吓得浑身发冷。不是爸爸的声音！那么，他出什么事了？提米出什么事了？

另一个人也跳到壁龛里，咕哝道:“我不习惯这样爬来爬去的！”

这也不是爸爸的声音。那么，有两个不明身份的敌人，而不是一个！而且他们知道了爸爸的秘密工作室。乔治吓得快要晕过去了。爸爸和提米到底出什么事了?

那两个人走出小石屋，根本没看到乔治。乔治猜他们要到塔上去。他们会去多久呢？查看一下他们刚

才现身的地方够时间吗?

乔治再次侧耳倾听，听到他们往院子里去了。她蹑手蹑脚地走到门口向外张望。没错，实验塔附近有他们的手电光！如果他们要到塔上去，那她就有足够的时间查看小石屋。

乔治回到小石屋里，双手哆嗦着，很难把手电拧亮。她来到壁龛前，手电的灯光照进了壁龛里。

乔治倒抽了一口冷气！在壁龛后面的凹槽中间有一个黑漆漆的洞口！她把手电射向洞口，显然，壁龛中央有一块活动的石头被推开，露出了后面的入口。入口通往哪里？是不是像古地图画的那样，有台阶?

乔治踮起脚把灯光照进洞里，她感到呼吸急促。没错，有台阶！台阶通往后面的石墙。她想起小石屋背靠着一堵厚厚的、残存的古石墙。

乔治站在那儿，不知所措。最好下去，看看能否找到提米和爸爸。但是，如果下去，她也有可能被困在下面。可是，如果她留在外面，那两个人回来，把石门关上，她有可能打不开，那样更糟糕！

“我要下去！”她猛然下定决心，“但我最好把包裹和毯子带上，以免那两个人回来后发现。尽量不要让他们知道我在岛上！我可以把东西藏在下面的某个

地方。不知道这个入口是不是通向地牢。”

乔治拿起毯子和包裹，把它们推进洞里，她听到包裹滚下台阶，包里的罐头发出沉闷的响声。

接着，她自己爬上去，钻进洞里。老天爷！这是一段多么黑暗、多么漫长的台阶啊！台阶到底通往哪里呢？

想 想 吧

1、乔治夜里去柯林岛，
她带了什么东西？

2、乔治在小石屋发现了几个不明身份的人？

3、乔治找到隐藏的入口了吗？入口在哪里？

第十六章　岩洞里

乔治小心翼翼地走下又陡又窄的石阶。“我猜这些台阶一直通到石墙中间吧，”乔治心想，“老天呀，这段台阶好窄呀！”

石阶很窄，她只能侧着身子走。“胖子没法儿走过这段台阶！”她想，“啊哈，石阶走完了！”

乔治把毯子披在肩上，在下行的路上捡起包裹，一只手打着手电筒。下面黑咕隆咚，一片寂静。乔治没觉得害怕，因为她期待着随时都能见到提米。想到有提米在附近，随时准备欢迎她的到来，哪还会觉得害怕呢？

乔治站在石阶底，手电照到一条狭窄的隧道，隧道向左拐了个急弯。“这条隧道现在会从这里通往地牢吗？”她一边想一边极力地给自己定位，“地牢应该离这里不远，但目前还看不出任何有地牢存在的迹象。”

乔治沿着狭窄的隧道往前走去。有一段隧道又低又矮，她几乎是手脚并用爬过去的。她用手电照了照隧道顶，看见黑色的岩石。对于很久以前那些修筑隧道的人来说，这些岩石太坚固了，他们没法儿把它们移走。

隧道一直往前延伸，再延伸。乔治大惑不解，到目前为止，她肯定已经走过所有的地牢了！啊呀，她一定正在朝柯林岛的岸边走去！真是不可思议！那么这条隧道不通向地牢啰？再往前走一点，她就走到海床下面了。

隧道往下倾斜得很深。又出现了一些台阶，这些直接从岩石上开凿出来的台阶很粗糙。乔治小心翼翼地爬下石阶。她究竟要走到哪里去啊？

乔治来到石阶底部，隧道看起来就像是在坚硬的岩石上开凿出来的——也许根本不是人工开凿，而是天然形成的。谁知道呢。手电照到的隧道壁和隧道顶都是黑色岩石，乔治磕磕绊绊地走在坑洼不平的岩石小路上，她多么希望提米就在身边陪着她啊！

“我一定来到了很深的地底下。”想到这里，她停下脚步，用手电照了照四周。“这里很深，离城堡很远！老天爷，那是什么可怕的响声啊？”

她侧耳倾听，听到低沉的轰鸣声。那是爸爸在做实验吗？那低沉的声音一阵接着一阵，轰隆轰隆地响个不停。

“哦，我想那是大海的轰鸣声！”乔治惊喜地说。她停住脚步，仔细倾听。“没错，是大海，在我的头顶上方！我在柯林湾的海床下面！”

此时此刻，可怜的乔治的确感到了一阵恐惧！她想象着汹涌的波涛在头顶翻腾，想象着涌动的海水一刻不停地冲刷着头顶的岩床，想象着万一海水顺着哪个地方漏到她此刻所处的狭窄的隧道里，想着想着她不禁胆战心惊。

“好啦，别傻了，”她坚定地告诉自己，“乔治，这条隧道已经在海床下存在了几百上千年了，怎么可能碰巧你在这里的时候，隧道就突然不安全了呢？”

乔治像这样自言自语，给自己打气后，继续往前走。她想着自己正在海床下行走，觉得不可思议。那么，这就是爸爸工作的地方了！他在海底工作！

接着，乔治忽然想起他们第一次来岛上看爸爸时，他对大家说过的话。他说什么来着？“对了！他说他需要头顶和四周有水！”乔治说，“现在我明白他的意思了！他的工作室在这下面的某个地方，因此海水在

他头顶，海水环绕着实验塔，因为塔建在岛上！”

头顶和四周都有水，难怪爸爸选择来柯林岛做实验。可他是怎么发现海底有秘密地道的？“啊呀，连我都不知道呢，”乔治说，“咦，我走到哪里啦？”

乔治停下了脚步。地道突然变宽了，变成一个巨大的黑暗洞穴，洞顶出奇地高，消失在黑暗的阴影中。乔治打量四周，发现许多她弄不明白的奇形怪状的东西，有电线、玻璃盒子，还有像是在悄无声息地工作的小型机器，这些小机器的中心闪烁着奇特的光芒。

时不时地，有火花忽地向四面八方飞溅，接着一股怪味在岩洞里弥漫开来。“这一切多么奇怪啊！”乔治想，“老爸是怎么搞懂所有这些机器和设备的呀？不知道他在哪里。真希望他没被那两个人关到什么地方去！”

这个“阿拉丁神洞”通向另一条隧道。乔治再次拧亮电筒，走进隧道。这条隧道跟刚才那条差不多，但洞顶更高。

乔治来到第二个岩洞，这个岩洞比第一个要小一些，岩洞里布满了各种电线，有一种奇特的嗡嗡声在回响，仿佛有数千只蜜蜂在蜂巢里，乔治还以为会看

到飞来飞去的蜜蜂呢。

“嗡嗡声一定是这些线路发出的。”她说。岩洞里根本没有人，但这个岩洞通往另一个岩洞。乔治希望自己很快就能找到提米和爸爸。

乔治来到第三个岩洞，洞里空空如也，寒气逼人，她打了个寒噤。接着，她穿过另一条地道，来到一个小岩洞。目光穿过小岩洞，最先映入眼帘的是一缕灯光。

灯光！那么，她可能正在朝爸爸所在的岩洞走去！她用手电筒扫了扫她此刻所置身的小岩洞，发现很多听装食物、啤酒瓶、听装糖果，还有一堆衣服什么的。啊，这是爸爸的储藏室。她继续往下一个岩洞走去，心里纳闷提米怎么没听到她的到来，怎么不过来迎接她。

乔治小心翼翼地往透着灯光的岩洞里望去，看见爸爸坐在桌前，双手托着脑袋，一动不动！没见提米的踪影。

“爸爸！”乔治喊道。桌前的男子吓了一大跳，他转过身来，盯着乔治，好像真的不敢相信自己的眼睛。然后他转回去，双手捂着脸。

“爸爸！”乔治很害怕，又喊了一声，因为爸爸什

么也没跟她说。

他又朝四周看了看，这回站了起来。他再次盯着乔治，然后一屁股坐了下去。乔治跑向他，问道："你怎么了？喔，爸爸，出什么事了吗？提米呢？"

"乔治！真的是你吗，乔治？我抬头看到你时，还以为自己在做梦呢！"爸爸说，"你是怎么来的？天哪！你到这儿来了，不可能！"

"爸爸，你没事吧？出什么事了？提米呢？"乔治迫不及待地问道。她四处看了看，但没见提米的踪影，心头一凉。提米肯定没遭遇什么不测吧？

"你看到那两个男人了吗？"爸爸问道，"他们在哪里？"

"哎呀，爸爸，我们一直在互相提问，都没回答对方的问题！"乔治说，"你先告诉我吧，提米在哪儿？"

"我不知道啊，"爸爸说，"那两个人到塔上去了吗？"

"去了，"乔治说，"爸爸，出什么事了？"

"哦，如果他们到塔上去了，我们大概有一个小时的安宁，"爸爸说，"乔治，听我说，仔细听好了，这很重要。"

"我听着呢，"乔治说，"但是，快点儿说吧，你还

要告诉我提米是怎么回事。”

“那两个人是空降到岛上的，他们试图打探我的机密，”爸爸说，“告诉你我的实验目的，乔治，我的实验是要发现一种替代煤炭、焦炭和石油的方法，这个设想如果实现，将满足世界在暖气和动力方面的需求，进而废除矿山，也不再需要矿工了。”

“老天爷啊！”乔治说，“这将是已知的世界上最伟大的奇迹之一。”

“对啊，”爸爸说，“我会把它献给全世界，把它作为礼物献给全人类——它不会被某个国家或某一小撮人控制。可是，乔治，有人想把我的成果据为己有，这样他们就可以利用它大发横财。”

“真可恶！”乔治大声喊道，“继续说，爸爸，他们是怎么知道你在研究这个的？”

“呃，之前我跟一些同事研究过这个设想，”爸爸说，“其中一个家伙背叛了我们。他找到一些富商，把我的设想透露给他们。知道这个消息后，我决定悄悄离开，独自完成实验，这样就没有人能出卖我了。”

“所以你就到这里来了！”乔治说，“到我的岛上。”

“是啊，因为我需要头顶和四周有水嘛，”爸爸说，“一个偶然的机会，我看了那幅古地图的副本，我就

想啊想，如果图上标的地道——我是说从小石屋下去的地道——如果真像地图标注的那样，那条地道当真通往海底，那将会是我完成实验的理想实验室。”

“哎呀，爸爸，当时我真不懂事！”乔治想起自己当初为这事闹脾气，不禁羞愧难当。

“是吗？”爸爸好像把这事忘得一干二净了，“呃，我带上所有的设备，就到这儿来了。而现在那两个家伙发现我了，把我控制住了！”

“可怜的爸爸！我不是可以救你吗？”乔治说，“我可以回去搬救兵过来，是吧？”

“是的！”爸爸说，“但一定不能让那两个人发现你，乔治。”

“你要我做什么我都照办，爸爸，什么事都照办！”乔治说，“但首先一定要告诉我，提米出什么事了？”

“呃，它一直跟着我，”爸爸说，“真的，它是一条忠诚的好狗，乔治。然后，今天早上，我跟提米正要从那个小石屋的入口出去，准备到塔上发信号，那两个人突袭了我，把我逼回到这里。”

“但是，提米出什么事了？”乔治急了。她想知道的事情，难道爸爸不想告诉她吗？

“当然啦，提米扑向那两个人了，”爸爸说，“但是不知怎的，他们当中的一个人用套索套住了它。他们套住它的脖子，把绳子勒得很紧，差点把它勒死。”

“哎哟，好可怜啊！可怜的提米！”乔治说着，泪水扑簌簌地顺着脸颊上往下滚，“它——您觉得——它没事吧，爸爸？”

“没事。从那两个人后面的对话中可以推断，提米被他们带到哪个岩洞里关起来了，”爸爸说，“不管怎么说，今晚我看到他们当中的一个人从袋子里拿了狗饼干，说明它还活着，而且肚子饿了！”

乔治如释重负地舒了一口气。只要提米还平安活着就好！她朝一个方向走了几步，她认定那也是一个岩洞。“我要去找到提米，爸爸，”她说，“我必须找到它！”

想想吧

1. 昆丁叔叔的实验目的是什么？

2. 乔治的爸爸是怎么发现秘密隐身地的？

3. 提米出什么事了？

第十七章　终于找到提米

“不，乔治！”爸爸厉声喊道，“回来，到这儿来。我有很重要的事情要跟你说。”

乔治走回到爸爸身边，她心急火燎地要去找提米，不管提米在哪里，都必须找到它！

“听好了，”爸爸说，“我有一个笔记本，有关这项伟大实验的笔记都写在本子上了，那两个人还没发现本子！乔治，我要你把这个笔记本完好无损地带回大陆，不要让它离开你的视线！如果笔记本落到那两个人的手里，他们就会得到他们想要的所有信息！”

“可是，他们只要看看你的线路、仪器和所有的设备，不就掌握所有的信息了吗？”

“他们已经掌握很多信息了，”爸爸说，“自从他们来到这里，他们有了更多的发现，但还不够。我不敢销毁笔记本，怕万一我有个三长两短，我的伟大设想

就彻底失传了。所以，乔治，我必须把笔记本托付给你，你必须按照我给的地址，把本子亲手交给那里的人。”

“这份责任很重大呀。”乔治说。笔记本不仅对爸爸，也许对全世界都意义重大。受此重托，乔治不禁有些畏缩。“我会尽力的，爸爸。我会藏在一个岩洞里，等那两个人回来后，我就溜回地道，回到隐蔽的入口，然后从入口出去，找到我的小船，划回大陆。我会把你的笔记本准确无误地送到，再找人来救你。”

“好女儿。”爸爸说着拥抱了她一下，“乔治，我真为你骄傲。”

乔治心想这是爸爸对她说过的最中听的话了。她对爸爸笑了笑。“好啦，老爸，现在我要去看看能不能找到提米。在我动身去另一个岩洞藏起来之前，我必须看到提米平安无事。”

“很好，”爸爸说，“乔治，拿饼干的那个人是往那个方向走的，在海底更深的地方，噢，对了，深更半夜的，你是怎么跑到这里来的？”

爸爸似乎第一次想到乔治也可能有故事可讲，但乔治觉得她真的不能再浪费时间了，她必须找到提米！

“回头告诉你，老爸，”她说，“对了，笔记本在

哪儿？”

爸爸站起来，走到岩洞的后面。他拿了一个箱子垫在脚下，手顺着一块黑色的岩脊摸索，终于摸到他要找的东西。

爸爸取下一本薄薄的本子，本子内页的纸张很薄。他打开本子，乔治看见许多画得很漂亮的图表，还有爸爸用工整的小字写的笔记。

“拿好了，”爸爸说着把笔记本递给她，“要竭尽全力保护好它。万一我有个三长两短，这本子还能让我的同事把我的设想贡献给全世界。如果我能大难不死，我将很高兴拿回这本笔记，因为这意味着我不用重新做实验。”

乔治接过珍贵的笔记本，把本子放进雨衣的大口袋里。“我会保管好的，爸爸。现在我必须去找到提米了，要不然等那两个人回来，我还没赶到另一个岩洞里把自己藏起来呢。”

乔治离开父亲所在的岩洞，走进下一个岩洞，但洞里什么也没有。她继续往前走进一条地道，地道在岩石中绕来绕去。

然后，她听到了渴盼已久的声音——一声呜咽！没错，的确是一声呜咽！

“提米！”乔治迫不及待地喊道，“哦，提米！我来了！”

提米的呜咽声突然停了下来，接着是兴高采烈的狂吠：“汪，汪，汪，汪！”乔治在狭窄的隧道里奔跑起来，差点摔倒。她的手电光照到一块圆形巨石，巨石好像堵住了隧道边的一个小洞穴。提米在圆石后汪汪大叫，爪子疯狂地乱抓！

乔治使出了吃奶的力气去搬那块石头。“提米！”她大口喘气，“提米！我会救你出来的！我来了！噢，提米！”

石头挪动了一点儿，乔治继续推。那块圆石对于她来说太重了，根本搬不动，但是绝望让她使出了前所未有的力量。石头突然滚向一边，乔治很及时地把一只脚移开了，不然会被石头压伤。

提米从打开的洞口挤出身子，扑到主人怀里，乔治双臂紧紧地搂着它，倒在地上。提米一边舔着乔治的脸，一边呜咽着。乔治则把头埋在提米厚厚的毛里，高兴地喃喃道：“提米！他们把你怎么样了？提米，我知道你被关后就马上赶来救你了！”

提米一边呜呜地欢叫着，一边用爪子挠她，用舌头舔她，好像怎么也不够。他们俩究竟谁比谁更高

提米一边舔着乔治的脸，一边呜咽着

兴，还真难说清。

终于，乔治坚定地把提米推开："提米，我们有事要做！我们要逃离这里，要回大陆搬救兵过来。"

"汪。"提米答应主人。乔治站起来，手电光照进那个关提米的小岩洞，发现洞里有一碗水和一些饼干。那么，除了抓捕时用绳子套了提米，害它差点窒息之外，那两个人并没有虐待它。乔治轻柔地顺着它的脖子摸了一圈，除了颈椎那里有些肿之外，其他地方似乎都还好。

"好了，赶紧。我们返回老爸的岩洞，然后找一个远离他的岩洞藏起来，等那两个人从塔里回来，我们就悄悄溜进小石屋，然后划船返回大陆，"乔治说，"提米，我的口袋里有一本很重要、很重要的笔记本。"

提米突然咆哮起来，脖颈上的长毛倒竖。乔治挺直身子站在那儿倾听。

一个严厉的声音传入地道："我不知道你是谁，也不知道你从哪里来，但是，如果你胆敢放狗出来，它就会吃枪子儿！我说到做到，让你瞧瞧吧，我有左轮手枪！"

那人哗啦一声扣动扳机，子弹打中了地道顶部，

枪声震耳欲聋。提米和乔治吓得魂飞魄散。要不是乔治抓住了提米的项圈，它早就从地道里冲上去了。乔治害怕极了，她左思右想，该怎么办呢?

枪声依然在回荡，令人心惊肉跳！提米不再咆哮，乔治一动不动。

“怎么样? ”那人问道，“听明白我的话了吗? 如果那条狗跑出来，我就把它打死。我可不想让你们坏了我的计划。你，不管你是谁，请从隧道里上来，让我看看你。不过我警告你，如果那条狗跟着你出来，那它就死到临头了！”

“提米！提米，快跑，找个地方躲起来！”乔治突然对它耳语道，接着她想起来了，还有一样东西让她感到绝望。爸爸珍贵的笔记本还在身上，在雨衣口袋里！假如那人发现本子在她身上怎么办? 假如爸爸知道他的重要机密最终还是被偷走了，他会心碎的。

乔治急忙从口袋里掏出那本又薄又平的小本子，把本子拿到提米面前，对它说：“叼在嘴里，把它带走，提姆。找个地方躲起来，等安全了再回来。快！走，提米，走！我会没事的。”

让乔治颇感欣慰的是，提米嘴里叼着本子，转身消失在隧道前方，消失在隧道通往海底的更深的地

方。她多么希望提米能找到一个安全的地方把自己隐藏起来！隧道应该很快就到尽头了。不过，也许在此之前，提米就会在一个黑暗的角落里躲起来，等待她再次召唤。

“你上来还是不上来？”那个人怒气冲冲地嚷道，“如果非要我下来逮你的话，你会后悔的，因为我会一路开枪！”

“来了！”乔治小声回答，然后从地道走上去。她看到一束光，随即被笼罩在一束强烈的手电光里。那人惊呼起来：

“老天！是个小男孩！你在这儿干什么？你从哪里来的？”

乔治的短卷发让那个打手电的男子误以为她是男生，但乔治没跟那个人说他搞错了。那人手里举着左轮手枪，但他见到乔治后就把枪口朝下了。

“我只是来救我的狗，还有，来找我爸爸。”乔治温顺地说。

“哟，你可搬不动那块沉重的石头！”男子说，“像你这样的小孩子没有那么大力气。你也救不了你爸爸！毫无疑问，你已经看到了，我们已经把他控制住了。”

“是啊。”乔治嘴上说着，心里很高兴，那人确信她没有那么大力气搬动那块大石头。有关提米的情况，她可不打算透露一星半点儿！如果那人以为它仍然被关在小岩洞里，那再好不过了！

接着，她听到爸爸焦急的呼喊声从那人背后传来：“乔治！是你吗？你没事吧？”

“是我，爸爸！”乔治大声回答，希望他不会问起任何跟提米相关的问题。那人招手示意她过去，然后把她推到自己前面，两人走到乔治爸爸所在的岩洞。

“我把你儿子带回来了，”那人说，“傻小子，还以为自己可以把那条凶狗放出来呢！我们把它关在一个岩洞里了，洞口有一块大石头堵着呢。”

另一个男子从岩洞的另一头走进来，见到乔治后感到很惊诧。抓住乔治的男子跟他解释说：

“我下来时，听到岩洞外有声音，听到那条狗在叫，还有人跟它说话，然后就发现这小子在那里，企图把狗放出来。当然啦，如果狗被放出来，肯定已经被我打死了。”

“可这小子是怎么到这儿来的？”刚进来的男子依然很惊讶。

“也许他可以告诉我们！”另一个人说。接下来，

乔治的爸爸第一次听到乔治是怎么来的，为什么来这里。

乔治告诉他们她是如何观察塔顶的玻璃房的，她没看到提米，所以很担心，也起了疑心，就连夜划船到岛上来了。她看到两人现身的地方，就走下隧道，一直走一直走，到了这个岩洞，找到了爸爸。

三个大男人安安静静地听她讲述。“哎呀，你可真讨厌，”一个男子对乔治说，“不过，啊呀，你是个让人骄傲的儿子。没有多少男孩像你这么勇敢，会为了别人冒这么大的风险。”

“对。乔治，我真为你骄傲。”爸爸说。他满腹焦虑地看着女儿，父亲在想什么，乔治心里很明白：那本珍贵的笔记本呢？她是不是够机灵，把本子藏好了？那两人在场，她不敢让爸爸知道笔记本的下落。

“现在情况复杂了，”后进来的男子看着乔治说，“如果你不回家，很快就会有人发现你不见了，然后就会四处找你。也许他们会派人到岛上来通知你父亲，说你失踪了！在掌握我们想要知道的东西之前，我们暂时不想让任何人到岛上来！”

他转向乔治的爸爸：“如果你把我们想要知道的都告诉我们，把你所有的笔记都交给我们，我们就放了

你，你要多少钱都行，然后我们闪人。”

“如果我还是说‘不’呢？”乔治爸爸问道。

“那么，恐怕我们会把你所有的仪器设备和实验塔都炸掉。你可能会活不见人，死不见尸，因为你将被埋在这下面。”那人语气突然变得强硬起来。

死一般的沉寂。乔治看着爸爸。“你们不能这么做，”他终于开口了，“那样的话你们捞不到任何好处！”

“我们要么得到一切，要么一无所有，”那人说，“得到一切或摧毁一切，你自己决定吧。我们给你七个小时，你可以考虑到明天上午十点半。到时候，要么你把一切都告诉我们，要么我们把小岛炸掉！”

他们走出岩洞，留下乔治父女俩。只剩七个小时！然后，柯林岛可能就灰飞烟灭了！

想想吧

1. 乔治的爸爸把笔记本藏在哪里？

2. 提米被关在哪里？

3. 乔治成功解救提米了吗？

第十八章　凌晨四点半

那两个人刚走远，乔治的爸爸就压低声音说：

“不行，可能我必须把笔记本交给他们。乔治，我不能冒险让他们炸掉小岛，把你埋在下面。光我自己的话，我会什么也不在乎——像我这样的人一辈子随时都要做好承担风险的准备——但现在你在这里，这就另当别论了！”

“爸爸，笔记本不在我身上，”乔治充满感激地凑到爸爸耳边说，“我让提米把笔记本给叼走了。我把堵在小洞口前面的石头搬开了，尽管那两个人以为我搬不动！我把本子给了提米，告诉它找个地方躲起来，等着我去找它。”

“乔治，好样的！”父亲说，“对了，那两个人还不知道提米已经被放出来了，还没起疑心，如果你现在去找到提米，把它带到这里来，它可以对付他们

俩！它完全有能力把他们俩同时扑倒在地。”

“对哦！这是我们唯一的机会，”乔治说，“我现在就去把它找回来。我一边沿着地道往前走，一边吹口哨。老爸，为什么你没有试着去救提米呢？”

“我不想离开我的笔记本，”爸爸说，“我不敢把本子带在身上，我怕那两个人尾随我，发现了本子的下落。为了寻找笔记本，他们一直在搜索所有的岩洞。我也不敢把本子放在这儿，去找狗。当我看到他们去袋子里拿饼干时，我就确定它已经平安无事。好啦，快走吧，乔治，吹口哨把提米找出来。那两个家伙随时都有可能回来。”

乔治拿上手电筒，走进地道，地道通往关提米的小岩洞。她大声吹口哨，等待提米的回应，但提米没过来。她又吹了声口哨，沿着地道继续往前走，还是没见提米的踪影。

乔治大声呼喊：“提米！提米！快过来！”但是提米并没有出现。她既没听见提米奔跑的脚步声，也没听到它欢快的吠叫声。

“淘气包！”乔治寻思，“希望它没有跑太远，太远就听不见我的呼喊声了。我再往前找一找。”

说完，乔治又往前走了一段，走过关提米的小岩

洞后，继续往隧道前方走去，但她还是没见到提米。

乔治拐过一道弯，发现隧道一分为三。三条不同的地道，都是黑咕隆咚地一片寂静、寒气逼人。天哪！她压根儿不知道走哪一条好。她选了左边的地道。

乔治往前走了一小段，这条地道也一分为三！乔治停下了脚步。“如果继续往前走，我会在这个海底隧道迷宫里彻底迷失方向，”她想，“我可不敢再往前走了，太可怕了。提米！提米！”

乔治的声音在地道里不断地回荡，听起来怪怪的。她原路返回，回到父亲所在的岩洞，感觉糟糕透顶。

“老爸，我根本没见到提米的踪影。它一定是沿着哪条地道走，然后迷路了！天哪，真可怕。这个岩洞的前方有很多隧道。看起来好像这整个海床下的岩层中都布满了隧道！”乔治垂头丧气地坐了下来。

“提米很有可能迷路了，”爸爸说，“唉！一个完美的计划泡汤了，我们得另外想个办法。”

“朱利安和其他人醒来时发现我不在，不知道会怎么样想，”乔治突然说，“他们也有可能过来，试图到这里来找到我。”

“那也帮不上什么忙，”爸爸说，“那两个家伙一定会下来，在这里等着，不会有人知道我们的位置。他

们不知道小石屋的入口，对吧？”

“他们不知道，”乔治说，“如果他们过来，他们绝对找不到入口！我们之前找过了。这意味着他们将会和小岛一起被炸掉。爸爸，这太恐怖了。”

“要是我们知道提米的下落就好了！”爸爸说，“或者，如果我们能给朱利安发个信号就好了，叫他不要过来。现在几点了？哎呀，凌晨三点半了！我猜朱利安跟大家都睡熟了。”

朱利安的确睡熟了，安也是，狄克也睡得很沉。因此，没有人猜到乔治的床铺是空的。

但是，大约在凌晨四点半的时候，安被热醒了。“我必须打开窗子！”她寻思，“好热啊！”

安起床，走到窗前，打开窗户，站在窗口向外望去，看到天上有星星，海湾上有微弱的星光。

“乔治，”安低声说，“你醒了吗？”

安等着回应，但没听到，于是她更专注地听。啊呀，她连乔治的呼吸声都听不到！乔治真的在床上吗？

安摸了摸乔治的床，床铺平平整整，空无一人。她开灯查看床铺，发现乔治的睡衣睡裤还在床上，但衣服不见了。

“乔治去岛上了！”安惊恐地说，“她一个人摸黑去的！”

安来到两个男生的卧室，摸到朱利安的床前，摸到他的肩膀后抓住他拼命地摇了起来。朱利安猛然被惊醒，问道：“是谁？出什么事了？”

“朱利安！乔治不见了，她的床上没有人。”安低声耳语，但还是吵醒了狄克。两个男孩瞬间清醒，坐了起来。

“唉！我应该猜到她会干这种蠢事，”朱利安说，“深更半夜的，还要穿越所有那些危险的岩礁。现在我们怎么办呢？我叫她不要去岛上，跟她说过提米会平安无事的！我猜昨天昆丁叔叔忘记把提米带上塔顶，仅此而已。她应该等到今天上午十点半，那时候可能会看到提米的。”

“唉！我想这种时候我们什么也做不了，是吧？”安焦急地问。

“什么也做不了，”朱利安说，“我相信她现在已经安全抵达柯林岛，正在为提米的事大惊小怪，像以往一样跟昆丁叔叔大吵大闹呢。说真的，乔治真的让人无法忍受！”

他们聊了半个小时，然后朱利安看了看手表：“五

点了，我们最好再睡一会儿。早上范妮婶婶听到乔治出逃的消息，会很担心的！”

安回到卧室，躺在床上睡着了。朱利安睡不着，他想着乔治，猜她究竟在哪儿，等她回来是不是要跟她好好谈谈！

突然，朱利安听到楼下有奇怪的响声。那是什么声音？听起来像是有人从窗户外爬了进来。有窗户没关吗？有，小盥洗室的窗户可能开着。哗啦！究竟是什么情况？不可能是窃贼——没有窃贼会傻到弄出那么大动静。

楼梯有声音，接着卧室的门被推开了。朱利安感到一阵惊恐，他伸手去开灯，但还没来得及打开灯，就有件重物不偏不倚地跳到了他身上！

朱利安惊叫起来，狄克猛地惊醒了。朱利安打开灯，这才看清楚床上是什么，原来是提米！

“提米！你是怎么到这里来的？乔治在哪儿？提米，真的是你吗？”

“提米！”狄克惊讶地重复道，“那么，是乔治带它回来的？乔治也在这儿吗？”

安被叫嚷声吵醒，走了进来。“哎呀，提米！啊，朱利安，那么，乔治也回来了？”

“不，很显然她没回来，”朱利安困惑不解地说，“嘿，提姆，你嘴里叼着什么？松口，老兄，把东西放下！”

提米把东西放下，朱利安把它捡了起来。“是笔记本，本子上都是叔叔的笔迹！这是什么意思？提米是怎么得到本子的？为什么它把本子送到这里？好奇怪啊！”

没人能想明白提米怎么会突然带着笔记本出现，而乔治却没回来。

“很奇怪，”朱利安说，“我有些想不明白。我们去叫醒范妮婶婶吧。”

于是，他们去叫醒了婶婶，把他们所知道的情况全都告诉她了。听说乔治不见了，婶婶着实担心。她拿起笔记本，马上就明白笔记本很重要。

“我必须把笔记本锁进保险箱里，”婶婶说，“我知道笔记本很珍贵。提米是怎么得到本子的？”

提米的表现很异常，它不停地挠朱利安，同时呜呜呜地叫。见到大家，它很高兴，但它好像有什么难言之隐。

“老兄，到底怎么了？”狄克问道，“你是怎么回来的？你不是游回来的，因为你的毛没有湿；如果你

是搭船回来的，那一定是跟乔治回来的，然而你把她落下了！”

“我猜乔治出事了，”安突然说，“我猜提米不停地挠你，是想让你跟着它去找到乔治。也许她划船把提米带回来，累坏了，可能在沙滩上睡着了，或者有别的什么情况。我们应该去看一看。”

“对，我们应该去看一看，”朱利安说，“范妮婶婶，您能不能叫醒乔安娜，叫她准备点热乎的东西，万一我们找到乔治，她又累又冷的话，可以先让她先吃点东西。我们到海滩去看看，现在天快亮了，东边的天空已经出现第一道曙光了。”

“好吧，去穿好衣服。”范妮婶婶依然显得忧心忡忡，“老天爷呀，我的家人是多么不让人省心啊！总是陷于这样那样的困境！”

三个孩子开始穿衣服，提米看着他们，耐心地等着他们穿戴完毕。然后大家下楼，走出大门。朱利安往海滩走，但提米站着不动。它挠挠狄克，然后朝相反的方向跑了几步。

“哎呀，它不让我们去海滩！它要我们走另一个方向！”朱利安惊呼道，“好吧，提米，你带路，我们跟你走！”

想想吧

1. 安在凌晨几点醒来？她为什么醒了？

2. 是谁凌晨回到柯林雅舍？

3. 乔治跟提米一起回来了吗？

第十九章　遇到马丁

提米绕过房子往屋后的荒原跑去。真奇怪，它到底要去哪里？

“真奇怪，”朱利安说，“我敢肯定，乔治不可能在这个方向的任何地方。”

提米继续快速前进，偶尔回回头，确保大家都已跟上。它把大家带到了采石场！

“采石场！这么说乔治到这儿来了！”狄克说，“可是，她来这里做什么呢？”

提米一路跌跌撞撞地滑下了采石场的陡坡，消失在采石场中央。大家尽量跟上，幸好陡坡不像之前那么滑了。他们安然无恙地抵达采石场底部。

提米径直朝岩架走去，消失在岩架下面。大家听见它短促尖利地叫了一声，好像在说：“快来！走这条路！抓紧时间！”

“它进了岩架下的地道，”狄克说，“我们本来想去那里探险但没去成。那么，这里面一定有条隧道什么的。但是，乔治在里面吗？”

“我先进去。”朱利安说完就缩起身子钻进洞口。他很快就来到一个比较宽敞的地方，然后走进一段差不多可以直立行走的隧道。他摸黑走了一小段，时不时地听见提米不耐烦地叫几声。但是没过多久，朱利安就停下了脚步。

“里面黑乎乎的，我跟不上你，提米！”朱利安叫道，“我们得回去拿手电筒。眼前一英尺远的距离我都看不见！”

狄克正缩着身子钻过地道的第一段，朱利安叫他回去。

“太黑了，”他说，“我们必须回去拿手电筒。如果出于某种原因，乔治在这条地道的前方，她一定出事了。我们最好带根绳子，带点白兰地。”

安哭起来了。乔治受伤躺在那条黑暗的地道里，这个假设她可不喜欢。朱利安一爬出洞口，就搂着她。他带着安爬上采石场的斜坡，狄克跟在后面。

“好啦，别担心，我们会找到她的。但是我不明白她怎么到那里去了，如果提姆和她在这里，而不是在

海滩，我还是想不明白他们是怎么从岛上过来的。”

“瞧，马丁在那儿！”狄克忽然惊讶地说。可不是嘛，马丁在那儿呢！他站在采石场顶上，见到兄妹三个，同样显得很惊讶，就跟他们见到马丁一样！

“你起得好早啊，”狄克叫道，“我的老天爷，你这是去种菜还是去干什么？为什么带着铁锹呀？”

马丁显得窘迫不安，似乎不知道说什么好。朱利安突然向他走去，抓住他的肩膀。“马丁，你听我说，这里发生的事很反常！你拿着铁锹打算干什么？你看到乔治了吗？你知道她在哪里吗？或者你有她的任何消息吗？好吧，从实招来！”

马丁甩开那双抓住他肩膀的手，显得非常惊讶。

“乔治？我不知道啊！他出什么事了？”

“乔治不是男生，她是女生，”安抽抽搭搭地说，“她不见了。我们以为她去岛上找提米了，但是提米突然出现在柯林雅舍，把我们带到这里来了！”

“看来乔治可能就在这附近，”朱利安说，“我想知道你有没有看见过她，或者知道她的下落？”

“不知道，朱利安。我发誓我不知道！”马丁说。

“那么，请你告诉我，大清早的你带着铁锹在这里干什么？”朱利安粗暴地说，“你在等谁？等你爸

爸吗？”

“是的。”马丁说。

“你们打算干什么？”狄克问道，“打算去那个洞里探险吗？”

“是的。”马丁再次答道，一脸的阴郁和不安，“这没有什么妨碍吧？”

“这一切都……很……奇怪！”朱利安注视着他，一字一顿地大声说，“但是，我告诉你，我们将要去探险，而不是你们！如果那个洞里有什么不寻常的东西，我们会去发现！我们不会允许你或者你爸爸进那个洞。所以，去找到你爸爸，告诉他！”

马丁没有动。他脸色刷白，伤心地盯着朱利安。安走到他身边，把手放在他的胳膊上，她的脸上依然挂着泪珠。

“马丁，怎么了？为什么你的脸色变成这样了？你有什么事不方便说吗？”

接着，马丁转过身去，发出抽泣似的声音，大家既惊愕又恐惧！马丁背对着他们，肩膀在抽动。

“我的老天爷！这是怎么了？”朱利安恼怒地问道，“镇静一点，马丁！告诉我们什么事让你这么难过。”

“所有的事情，一切！”马丁呜咽着说，说完他转

过身来，面对着三兄妹说，“你们不知道既没有娘也没有爹是什么感受，没有人关心你，还有……”

“但是你有爹啊！”狄克当即说。

“我没有爹。那个人不是我爹，他只是我的监护人，但只要我们合伙工作，他就要我喊他爸爸。”

“工作？什么样的工作？”朱利安问。

“什么都干，都是不光彩的事，”马丁说，“四处窥探，抓别人的把柄，然后管他们要封口费；收受赃物，然后转手卖掉；帮坏人做事，比如说协助那些窥探你们那位叔叔机密的人……”

“哦嗬！”狄克马上说，“现在谜团就要解开了。你跟科腾先生都对柯林岛这么感兴趣，我就觉得可疑。那么，现在是什么工作？”

“要是我把这一切都告诉你们，我的监护人会把我打个半死的，”马丁说，“但是，你们知道吗？他们计划把小岛炸了，这将是我参与的最邪恶的勾当了，我知道你们的叔叔在岛上，乔治现在可能也在岛上——这是你们说的。我干不下去了！”

又有几滴泪珠顺着他的脸颊滚落下来。马丁哭成那样，真让人心酸，现在三兄妹都替马丁感到难过。当他们听说小岛要被炸掉时，心中又充满了恐惧！

“你是怎么知道的？”朱利安问道。

“呃，你们都知道，科腾先生有一台收音机和一台发报机，”马丁解释道，“岛上的家伙——就是窥探你们叔叔机密的人也有，这样他们联络起来就方便了。他们千方百计想拿到你们叔叔的机密，如果拿不到，就打算把整座岛炸成碎片，这样谁也得不到那个机密。但是，他们不认得那条穿越岩礁的航道，所以没法划船离开小岛。”

“那么，他们打算怎么离开小岛？”朱利安问道。

“我们确信那天提米发现的洞穴连到海底，从海床下面通往柯林岛，”马丁说，“是的，我知道这听起来太疯狂了，不可能是真的。但是科腾先生搞到一幅古地图，地图清楚标示了海床下面曾经有条通道。如果有的话，呃，岛上的家伙把炸药布好后，就可以从海底通道撤回来。明白了吗？”

“明白了，”朱利安深深地吸了一口气，“我确实明白了，现在很清楚了。我还明白另一件事了！提米从岛上发现了这条路，走了你刚才跟我们说的那条地道，这就是它把我们带到这里的原因，它要把我们带回岛上，去营救昆丁叔叔和乔治。”

大家沉默不语。马丁盯着地面，朱利安和狄克苦

苦思索，安轻轻抽泣。这一切在安看来全都难以置信。这时，朱利安把手放在马丁的胳膊上。

“马丁！你把实情都告诉了我们，你做得对。也许我们可以阻止可怕的事情发生，但你必须帮我们把。我们有可能需要你的铁锹，我猜你还带了手电筒，我们没带，我们不想浪费时间再跑回去拿了。因此，你愿意帮我们，跟我们一起去吗？你愿意把你的铁锹和手电筒借给我们吗？”

“你们会相信我吗？”马丁低声问，“我愿意，我想跟你们一起去，帮你们一把。如果我们现在就进洞里，我的监护人就跟不上了，因为他没有手电筒。我们可以到岛上，把你叔叔和乔治平安带回来。”

“这样很好啊！”狄克说，“好啦，走吧，我们说得太久了。朱，我们再下去吧。马丁，给他一把铁锹和一只手电筒。”

“安，你不要去了，”朱利安对小妹说，“你要回去把这一切都告诉范妮婶婶，好吗？”

“好啊，我不想去了，”安说，“我现在就回去。朱利安，千万小心！”

安跟三个男生下到采石场底部，站在那里目送他们仨消失在岩洞里。他们说话时，提米等得不耐烦，

时不时地叫唤一声，现在发现他们终于打算动身了，它显得很高兴，在地道里领路，每次回头看大家是否都跟上了时，只见它的双眼闪着绿光。

安又开始爬采石场的陡坡。突然，她好像听到了有人在咳嗽，她停下脚步，蹲在一簇小灌木丛下面。透过树叶，她瞥见科腾先生，然后听到他的说话声：

“马丁！你到底在哪里？”

看来他是来找马丁，跟他一起去地道的！安大气也不敢出一口。科腾先生喊了又喊，接着不耐烦地嘟囔了一声，开始顺着采石场的斜坡往下爬。

突然，科腾先生滑倒了！他从一棵小灌木边滑过，伸手去抓却没抓到。从安身边滚过时，看到她了，他显得很诧异，接着往深深的采石场底部滚去，越滚越快，脸上的诧异也变成了恐惧。当终于停下时，安听到他在大声哀号。

安胆战心惊地往下看去，见科腾先生坐了起来，捧着一条腿在那里号叫。他抬头寻找安。

“安！”他喊道，“我想我摔断腿了，你能找人来救我吗？这么早你在这里干什么？你看到马丁了吗？”

安没回答。如果他摔断了腿，那么他就没法儿去追大家了！这样的话，安就可以迅速脱身了。她小心

翼翼地往上爬去，生怕滚到采石场底部，躺在可怕的科腾先生旁边。

“安！你看到马丁了吗？帮我去找找他，找人来救我，好吗？”科腾先生大声喊道，喊完又呻吟起来。

安爬到采石场顶部，往下望去。她把双手拢到嘴边，大声喊道：

“你是大坏蛋。我才不会找人来救你呢。我可受不了你！”

吐出胸中的那口气之后，小姑娘以最快的速度在荒原上飞奔。

“我必须告诉范妮婶婶，她会有办法的！噢，希望大家都平安无事。如果小岛被炸掉了，我们该怎么办呀？我真的非常非常高兴，我怼了科腾先生，骂他是大坏蛋。”

安继续奔跑，上气不接下气。范妮婶婶会有办法的！

想想吧

1. 提米把孩子们带到了哪里？

2. 孩子们在采石场遇到谁？

3. 科腾先生跟马丁是什么关系？是父子吗？

第二十章 危急关头！

与此同时，三个男孩跟提米一起，正在地底下开展一段奇异的旅行。提米毫不迟疑地在前面引路，还时不时停下来等大家跟上它。

刚开始，地道又低又矮，孩子们得勾着腰走，确实很累人。但走了一段之后，隧道变高了。朱利安用手电照了照四周，发现隧道壁和地面由泥土变成了岩石。他试图弄清他们的方位。

“我们差不多是在朝悬崖的方向走，”朱利安对狄克说，“我们拐了几道弯，刚才走过的几百码下坡路很陡，我想我们一定走到地下很深的地方了。”

直到听到奇特的轰鸣声，三个男孩才明白他们肯定走到了海床的岩石下面。乔治在岩洞里听到过同样的轰鸣声。他们正穿过海底，前往柯林岛。真是不可思议，令人难以置信！

“就像在做梦，一个奇怪而又真实的梦，”朱利安说，“我不确定自己是不是很喜欢这种感觉！好了，提姆，来了。嘿，这是什么？”

大家停下了脚步。朱利安的手电照到前方有一堆落石，提米从其中的一个洞口挤了过去，但三个男孩不行。

“马丁，现在铁锹可以派上用场了！”狄克振奋地说，“动手吧！”

大家齐心协力，用力推，使劲铲，终于设法从落石堆中开出一条通道。“多亏有了铁锹！”朱利安感慨道。

大家继续前行，又碰到一堆岩石，但岩石堆很快就被移走了，他们再次庆幸手上有铁锹。他们忙活的时候，提米焦急地叫着，它迫切地想要回到乔治身边。

前面的隧道出现了岔道。提米毫不犹豫地走了右边的那条，当这条隧道出现两个岔道时，它再次不假思索地选了其中的一条。

“提米真了不起，全靠嗅觉认路！”朱利安说，“这条路它走过一次，就记得了。如果我们自己走，会彻底迷路。”

马丁根本不喜欢这段探险之旅，他很少说话，吃

力地跟在兄弟俩后面。狄克猜他在担心探险结束之后将何去何从。可怜的马丁！他最想做的事情就是画画，却被人生拉硬拽着干一个又一个罪恶的勾当，被他那个邪恶的监护人当作工具利用。

“你们觉得咱们离小岛很近了吗？”狄克终于开口问道，“我走烦了！”

“是的，我们肯定走到小岛附近了，”朱利安说，“实际上，我想我们最好尽量保持安静，被敌人发现就难搞了！”

于是，他们不再说话，尽可能安静地往前走。突然，他们发现前方有一束微弱的光线。朱利安伸手示意大家停下。

他们正走近乔治爸爸存放书本和论文的那个岩洞，头天晚上，乔治就是在这里找到父亲的。提米站在他们前面，也竖起耳朵仔细倾听，它可不会莽莽撞撞地一头冲进危险地带！

他们听到说话声，仔细分辨那是谁的声音。“是乔治的声音，还有昆丁叔叔的声音。”朱利安终于说话了。提米好像也听出来了，这确实是父女俩的声音，于是它一头冲进亮着灯的岩洞里，兴奋地叫着。

“提米！你到哪里去啦？”传来乔治的声音。她霍

地站起来，他们听到有什么东西被打翻了。

“汪，”提米想要解释，“汪！”

接着，朱利安和狄克冲进岩洞，马丁紧随其后！昆丁叔叔和乔治都惊呆了。

“朱利安、狄克，还有马丁！你们是怎么到这儿来的？”乔治叫道。提米则蹦蹦跳跳地绕着她撒欢儿。

“我来解释吧，”朱利安说，“是提米带我们来的！”他把提米如何在凌晨回到柯林雅舍，如何跳到他床上，以及随后所发生的一切事情，一一道出。

然后，轮到昆丁叔叔和乔治告诉大家他们所遭遇的一切。

“那两个人在哪里呢？”朱利安问。

“在岛上的什么地方吧，”乔治说，“不久前我去侦察了，我尾随他们到了小石屋的出口。我想他们会在小石屋待到十点半，到时候他们会去塔顶发信号，这样别人就会以为一切正常。”

“那么，我们有什么打算？”朱利安问，“你们要不要跟我们一起从海底隧道回去？不然的话，我们该怎么办？”

“最好不要走海底隧道，”马丁立即说，“我的监护人有可能会过来——他跟别的人有联系。如果他不知

道我到哪里去了，怀疑出了岔子，有可能叫来另外两三个同伙，我们可能会在隧道里跟他们遭遇。”

当然啦，他们当时并不知道，科腾先生摔断了一条腿，此时正躺在采石场里面呻吟呢。昆丁叔叔仔细地想了一下。

“那两个家伙给我七个小时，要我考虑是否把机密告诉他们，”他说，“十点半一过，时间就到了。到时候他们会下来看我。我想，我们几个人齐心协力，应该可以抓住他们——特别是我们有了提米！”

“对，好主意，”朱利安说，“我们可以找个地方藏起来，等他们下来时，在他们起疑之前叫提米对付他们！”

朱利安话音未落，岩洞里的灯就熄了！紧接着，黑暗中传来说话声：

“不许动！否则我就开枪了！”

乔治倒抽一口冷气！出什么事了？那两个人出其不意又回来了吗？啊呀，为什么提米没给他们发警报？她一直在抚摸提米的耳朵，也许它听不到任何动静！

她抓住提米的项圈，生怕它在黑暗中扑向那人而被子弹打中。那人再次开口：

“你愿意还是不愿意把你的机密告诉我们？”

“不。”昆丁叔叔低声回答。

“那么你所有的心血和整座小岛都将灰飞烟灭，你跟其他人都将一同被送上西天。”

“好吧！请便！”乔治突然叫喊道，“你们自己也将被炸死。你们休想划船逃离小岛——你们会触礁的！”

黑暗中的男子哈哈大笑。“我们会平安无事的，”他说，“乖乖靠墙待着，我的左轮手枪可没长眼睛哟。”

大家都靠墙蹲着。提米咆哮起来，乔治当即让它住口。她不知道那两个人是否察觉到提米已经被放出来了。

轻轻的脚步声在黑暗中穿过岩洞。乔治侧耳倾听：有两对脚步声！两人正穿过岩洞。她知道他们要去哪里！他们打算从海底隧道逃跑，然后引爆小岛。

脚步声一消失，乔治就打开手电筒。“爸爸！那两人正从海底隧道逃跑。我们也必须脱离险境，但不走那条隧道。我的小船在岸边，我们尽快赶到小船那儿，在小岛爆炸前离开。”

“好，快走，”爸爸说，“不过，只要我能爬上实验塔，我就能阻止他们的任何邪恶计划！他们打算利用那里的能量，我知道——但如果我能到玻璃房，我就

能破解他们的一切计划！”

“爸爸，赶快啊！”乔治慌了，“如果可能，保住我的小岛啊！”

大家穿过岩洞，进入地道，上了小石屋下面的石阶。到小石屋后，他们全都傻眼了！

石门从里面打不开！那两个人改变了机关，现在石门只能从外面打开了。

昆丁叔叔徒劳地来回转动控制杆，但什么动静也没有，石门纹丝不动。

“石门只能从外面打开了，”他绝望地说，“我们被关在里面了！”

大家在石阶上整整齐齐坐成一排，又冷又饿，非常难受。现在怎么办？返回岩洞，从海底隧道返回吗？

“我可不想走海底隧道，”昆丁叔叔说，“万一发生爆炸，海底的岩石会被震裂，而海底的岩石是隧道顶，那样的话，海水会涌进隧道。如果那时我们碰巧在海底隧道里，那可不妙。”

“啊，不要！不要像这样把我们困在这里，”乔治说着打了个激灵，“我受不了。”

“也许我可以搞点东西来把这块石头炸开，”过了一会儿，乔治爸爸说，“要是我有时间组装，我有很多

材料可用。”

“听！”朱利安忽然说，“我听到这堵墙外面有声音。嘘！”

大家专心致志地听着。提米哀嚎着，用爪子刨着那块纹丝不动的石头。

“是说话声！”狄克叫道，“有好多人。会是谁呢？”

“别出声，”朱利安厉声说，“我们必须搞清楚！”

“我明白了，我知道了！”乔治突然说，“是渔民开着渔船过来了！难怪那两个家伙没等到十点半！难怪他们落荒而逃！他们看见渔船开过来了！”

“一定是安带他们来的！”狄克大声喊道，“她一定跑回家了，把什么都告诉范妮婶婶了，把消息告诉渔民了，然后他们就过来救我们了！安！安！我们在这里！”

提米开始震耳欲聋地狂叫。大家鼓励它这么干，因为他们可以肯定的是，提米的吠叫声比他们的喊叫声要大得多。

“汪！汪！汪！”

安一跑进小石屋，就听到提米的汪汪叫声和大家的喊叫声了。“你们在哪里？你们在哪儿？”她大声

嚷道。

“在这里！在这儿！搬那块石头！”朱利安大声喊道，嗓门之大，把旁边的人都吓了一大跳。

“让一让，小姐，我知道是哪块石头了。”一个低沉的男声说道。那是村里的一个渔民。他在壁龛的石头上摸来摸去，确定就是那块石头，因为它放在出口位置，比其他的石头要干净一些。

突然，他摸对了地方，摸到一颗小铁钉。他把铁钉拉下，铁钉后的撬杠弹回去，石门打开了！

六个渔民站在小屋里，目瞪口呆地看着大家一个接一个地鱼贯而出！范妮婶婶和安也在小屋里。丈夫一出现，范妮婶婶就奔向他。但是，让她惊讶的是，丈夫非常粗暴地把她推开了。

昆丁叔叔冲出房间，急忙奔向实验塔。他能及时拯救小岛和岛上所有的人吗？啊，快点吧！赶紧啊！

想想吧

1. 两个坏蛋提前离开了小岛，为什么？

2. 孩子们跟昆丁叔叔打开石门了吗？石门是谁打开的？

3. 参与救援行动的渔民有几个？

第二十一章　探险结束

“他到哪里去了？”范妮婶婶非常伤心地问道，但没有人回答她。朱利安、乔治和马丁心急如焚地盯着实验塔。要是昆丁叔叔出现在塔顶就好了。啊，他在那儿！

昆丁叔叔带了一块大石头上去，大家眼睁睁地看着他用石头砸向实验塔周边的玻璃。哗啦！哗啦！哗啦！

玻璃破碎后，穿过玻璃的电线也断了，现在没有能量能够穿越电线了。昆丁叔叔从打破的玻璃房里探出身子，欢天喜地地大声喊道：

“没事了！我赶上了！我把能量破坏了，这能量有可能把小岛炸成碎片——你们都安全了！”

乔治突然觉得双膝颤抖，只好一屁股坐到地上。提米走过来，吃惊地舔了舔她的脸，然后也坐了下来。

“他这是在干什么，把实验塔砸了吗？”一个身材

魁梧的渔民问道，“我都被这些事搞晕了。”

昆丁叔叔从塔上下来，跟大家会合。“再晚十分钟就来不及了，”他说，“谢天谢地！安，你们来得真及时。”

“我一路跑回家，告诉范妮婶婶，我们让渔民把船开出来，然后就赶过来了，”安解释道，“我们想不出任何别的办法来救你们了。那些坏蛋在哪里？”

“正企图从海底隧道逃跑呢，”朱利安说，“对了，安，你还不知道呢！”他把海底隧道的事告诉安，几位渔民在一旁听得目瞪口呆。

“听我说，”朱利安说完后，昆丁叔叔说，“既然大家的船都开过来了，不妨顺便把我的设备也都运回去。这里的实验做完了，我不再需要这座岛了。”

“哇！那么小岛就归我们了！”乔治开心地说，“假期余额充足。老爸，我们帮你把需要的东西搬回去。”

“我们应该尽快赶回去，到隧道的那头逮住那两个家伙。”一个渔民提议。

“对，应该尽快赶回去。”范妮婶婶赞同。

“太棒了！他们会在那儿发现科腾先生摔断了一条腿。”安突然想起来了，说道。

大家惊讶地看着她，这是他们第一次听说科腾先生在采石场。安跟大家解释了事情的来龙去脉。

“我还告诉他，他是大坏蛋。”她得意扬扬地说。

“完全正确，”昆丁叔叔大笑着说，“好吧，我们最好下次再来搬设备。”

“这个嘛，现在我们可以留两个人帮你搬运设备，”那个身材魁梧的渔民说，“乔治的小船在小海湾，你也有船，其他人可以跟你一起回去。如果你愿意，我跟汤姆收拾东西，晚点给你带回大陆，也省得我们再跑一趟。”

“太好了，”昆丁叔叔开心地说，“那么这事就交给你了。设备就在下面的岩洞里，穿过石头后面的隧道就到了。”

大家来到小海湾。这一天天气很好，海面风平浪静，只有小岛周围的水域总是波涛汹涌。船儿一起向大陆驶去，有的船扬起了风帆，有的船荡起了桨。

“探险结束了！”安说，“真奇怪，我们正在历险时我没觉得这是惊险奇遇，但现在再看，我觉得这就是惊险奇遇了！”

“我们长长的历险单上又可以加上一条了，”朱利安说，“打起精神来，马丁，不要这么沮丧。不管发生

什么，我们都会保证你不会受到这件事的恶劣影响。你帮了我们，跟我们一起参与救援，我们会保证你不会受到伤害。昆丁叔叔，是这样吧？要是没有马丁和他的铁锹，我们可没法通过那些有落石的地方！”

“嗯，谢谢，”马丁说，“如果你们能让我离开我的监护人，永远不再跟他相见，我会很幸福！”

“科腾先生很有可能将被关押在某个地方，他将有很长时间见不到朋友，”昆丁叔叔冷冷地说，“所以，我觉得你不用担心。”

船一靠岸，朱利安、狄克、提米和昆丁叔叔就直奔采石场，看看科腾先生是不是还在那里，并且等着那两个坏蛋从隧道里出来！

科腾先生还在采石场，还在痛苦地呻吟着，叫人救他。昆丁叔叔严厉地对他说：

“我们知道你在这件事中扮演的角色，科腾。警察会处理你的，他们很快就到。”

提米嗅了科腾先生一圈，然后神气活现地走开了，好像在说：“真可恶！”大家在洞口等着另外两个家伙出现。

但左等右等就是没有人出来。一个小时、两个小时过去了，还是没有人出来。“幸好马丁和安没来。”

提米嗅了科腾先生一圈，然后神气活现地走开了，好像在说："真可恶！"

昆丁叔叔说，“要是我们带了三明治就好了。”

这时，警察来了，他们爬下采石场的陡坡。随行的还有医生，他查看了科腾先生的腿。在大家的帮助下，医生费了很大的劲才把科腾先生弄到采石场顶上。

“朱利安，回家拿些三明治来，”昆丁叔叔终于发话了，“看来我们还得等很久！”

朱利安回家了，然后又飞快地赶回到采石场，带来码得整整齐齐的小盒火腿三明治和一壶热咖啡。留下来的两个警察主动提出来说，如果昆丁叔叔想回家的话，他们可以留守。

“天哪，别！”他说，“我要等着看这两个家伙从洞里出来时的表情，这将是我这辈子最大快人心的时刻之一！我只是想告诉我那两个亲爱的朋友：小岛完好无损，没被炸掉；我的笔记本已经得到妥善保管，我的科研机密保住了；我的工作顺利完成了。”

“嘿，老爸，我猜他们在地下迷路了，”乔治说，“朱利安说那里面有很多条不同的地道。当然了，提米带着几个男生走对了路，不过要是没有提米，恐怕他们也迷路了！”

想到那两人在地下迷路了，父亲的脸沉了下来。他

是多么想看到他们到达采石场时那两张懊丧的脸啊！

“我们可以派提米进去，”朱利安说，“提米很快就能找到他们，并把他们带出来。提姆，对不对？”

“汪。”提米表示同意。

“对，好主意，”乔治说，“如果他们认为提米会带着他们出来，他们就不会伤害它！进去吧，提米。去找他们，宝贝。找到他们！把他们带到这里来！”

“汪。”提米热烈地回应了一声，消失在岩架下。

大家一边嚼着三明治，一边啜着咖啡，一边等待，然后听到提米的叫声从地下传了上来。

他们先是听到喘息声，然后是有人从岩石下扭动身子爬出来的嚓嚓声。那人站起来，发现一群人正默默地盯着他，倒吸了一口凉气。

“早上好啊，约翰逊，”昆丁叔叔亲切地跟他打招呼，“你还好吧？”

约翰逊的脸都白了。他一屁股坐到旁边的欧石楠丛上。“你赢了！”他说。

“我赢了，”昆丁叔叔说，“实际上，我赢得很漂亮。你的小算盘出了差错，我的机密保存完好，明年，我将把它献给全世界！”

又传来一阵嚓嚓声，第二个人也到了。他站起来，

然后也发现一群人正默默地盯着他。

“早上好啊，彼得斯，”昆丁叔叔说，“再次见到你真高兴。地下漫步感觉如何？我们发现还是海路更好走。”

彼得斯看看约翰逊，也一屁股坐下来。“怎么回事？”他问约翰逊。

“都完蛋了。”约翰逊说。接着提米出现了，它摇着尾巴奔向乔治。

“我打赌，当提米走到他们跟前时，他们一定很高兴！”朱利安说。

约翰逊看了看朱利安，说：“是的。我们在那些讨厌的隧道里迷路了。科腾说他会来接应我们，但他一直没来。”

“是的。他摔断了一条腿，现在可能在监狱的医院里了。”昆丁叔叔说，“好啦，警官，尽你们的职责吧。”

两人当即被拘捕，然后大家沿着荒原往回走。两个坏蛋被推进一辆警车带走了，其余的人来到柯林雅舍，准备享用一顿大餐。

“我都饿得前胸贴后背了，”乔治说，“乔安娜，早餐有什么好吃的吗？”

“吃的不多，”乔安娜从厨房里答道，“只有熏肉、鸡蛋和蘑菇！”

“噢……”安说，“乔安娜，你将会获得 OBCBE[1] 勋章！”

“那是什么奖？”乔安娜叫道。但安想不起来了。

“是一种装饰品[2]！”安嚷道。

“好吧，我可不是圣诞树！”乔安娜大声回答，“快来帮我准备早餐吧！”

七个人坐在一起享用美味早餐，不对，是八个，因为必须加上提米。马丁现在摆脱了监护人，跟原来判若两人。

孩子们纷纷给他出谋划策：“你可以跟海岸警卫员住在一起，因为他喜欢你，他不停地夸你是个很棒的男孩！你也可以下来跟我们一起玩儿，也可以去小岛。昆丁叔叔会试试看能不能让你上艺术学校。他说你帮忙保住了他的神奇的机密，理应得到奖赏！”

马丁心情愉悦，容光焕发，就像肩上卸下了千斤重担。“到目前为止，我一直没有机会，”他说，“我会

① 见第十二章。

② 原文“decoration”有“勋章”的意思，也有“装饰品”的意思。

有出息的，你们等着瞧吧！”

“妈妈！明天我们可以去柯林岛住吗？去看他们拆实验塔。”乔治央求道，“求你啦！我们可以在岛上住一个星期吗？我们可以像以前一样住在那个小房间里。”

“好吧，我想可以！”妈妈笑吟吟地看着乔治那张充满渴望的脸，说道，“我情愿独自霸占你爸爸几天，把他喂胖一点儿。”

“哦，想起来了，范妮，”丈夫冷不丁说道，“前天晚上我尝了你给我留的汤。天哪，好难喝哟！全馊了！”

“哎哟喂，昆丁！我叫你把汤倒掉的！你知道的，我说过了，”妻子沮丧地说，“汤肯定完全馊了，你真让人操心！”

大家终于吃完早餐，来到花园里。他们的目光越过柯林湾向柯林岛望去，小岛在朝阳下显得十分迷人。

“我们共同经历了很多惊险奇遇，”朱利安感慨道，“比大部分小孩经历的都多。这些惊险奇遇很刺激吧？”

没错，这些惊险奇遇真刺激。但现在我们必须跟

五个小伙伴还有柯林岛说再见了。再见啦，朱利安、狄克、乔治、安，还有提米。但只有提米听见了我们的道别声，因为它的听觉很敏锐。

“汪！再见！”

想想吧

1. 昆丁叔叔能及时拯救小岛和岛上的人吗？

2. 两个坏蛋分别叫什么名字？

3. 科腾先生为什么没去接应那两个坏蛋？

译后记

《重返宝岛》是“五个小侦探”系列的第六部，讲述五个小侦探——乔治和堂兄堂妹朱利安、狄克、安，以及爱犬提米——的第六次历险故事，主角是乔治和她的爸爸昆丁。在这部作品中，作者巧妙设置悬念，故事情节曲折生动，环环相扣，引人入胜。从“相爱相杀”的父女，善解人意、深明大义的忠犬，到良心未泯、善意尚存的坏人，作者为广大读者塑造出了一个个栩栩如生、个性鲜明的人物形象。

一

复活节假期到了，乔治和堂兄堂妹朱利安、狄克、安回到柯林度假，而乔治的科学家爸爸（昆丁叔叔）在柯林岛搭建了一座实验塔，正忙着做一项实验——

这可是最高机密，因为这项实验一旦成功就可以造福全人类。因此，他不能让任何人知道他的秘密工作室，也不想让人参观他的实验塔，即使是复活节回家度假的五个小伙伴也不可以。

孩子们找遍了小岛上所有可能栖身的地方，但都一无所获。昆丁叔叔不在小石屋，因为那里什么东西也没有；他不在地牢，因为地牢的石盖边缘长满了杂草，好久没人动过石盖了；他不在岩洞里，也不在他建的玻璃塔上。孩子们自以为对岛上的每一个角落都了如指掌，他们找遍了小岛，但就是找不到昆丁的蛛丝马迹。昆丁叔叔到底在哪里工作？他所有的实验设备又在哪里？这真是一个难解的谜团。岛上居然还有五个小侦探不知道的藏身之地，这个跟乔治的小岛相关的谜，真令几个小侦探抓狂，特别是乔治。

柯林岛上到处都是藏身之处，昆丁叔叔其实并不孤单，他半夜在岛上听到咳嗽声，白天发现了一截新鲜的烟头。咳嗽的人是谁？是昆丁叔叔出现幻听了吗？要知道别人来不了小岛，因为飞机没法在岛上着陆，小船没法穿越那些岩礁，人更是没法游过来，岩礁周边的水域太凶险了，只有几个渔民认得航线，但是他们接到禁令，不得带任何人上岛。烟头是谁留下

的？神秘岛客是如何来到小岛的？

这些疑问，小朋友们可以在阅读过程中一一解开，一步步找到答案。

二

在这个故事中，乔治和她的父亲昆丁是主角，父女俩“相爱相杀”的故事写得非常精彩。乔治的性格跟父亲非常相像，在妈妈眼里，乔治“横眉竖眼、勃然大怒、暴跳如雷的样子，跟他太像了，简直就是一个模子里倒出来的”。父女俩脾气火爆，似乎都不太理解对方。

乔治的父亲昆丁是个绝顶聪明的科学家，但他以自我为中心，脾气暴躁，缺乏耐心。他没征求过乔治的意见，就在柯林岛上建了实验塔，因为“他的实验需要一个四周环水的环境”，这是妈妈写信告诉乔治的。这引起了乔治强烈的反感。乔治认为爸爸“向来都是我行我素，从来都不会考虑别人的感受”。而昆丁叔叔总以为自己知道什么最好，以为他可以安排别人的生活，随意支配别人的东西。也许他认为乔治应该很乐意把小岛借给他，因为乖女儿都会这么做，但乔治认为爸爸应该尊重她，应该亲自写信跟她说明才对。

昆丁叔叔察觉岛上除了他，还有别人，他处在危险之中，需要提米来保护。这回他亲口跟乔治提了要求。但是他没想到乔治从来没跟提米分开过，不明白提米对乔治意味着什么，让乔治跟提米分离会有多么困难。提米是乔治忠实的伙伴，是她最好的朋友。乔治觉得提米“忠诚可靠，比任何人都更值得托付”。而提米也总是站在乔治这一边，不管乔治做什么，它都像个好朋友一样对她不离不弃。对提米来说，“这世上没有比乔治更棒的人儿了”。这次是乔治妥协了。

乔治思念提米心切，半夜驾船到岛上，在地下岩洞里找到了父亲，父亲告诉乔治实验目的“是要发现一种替代煤炭、焦炭和石油的方法，这个设想如果实现，将满足世界在暖气和动力方面的需求，进而废除矿山，也不再需要矿工了”。从这里，读者可以看出，乔治的父亲不仅聪明绝顶，而且大公无私，很有环保意识，富有人道主义精神。乔治开始觉得爸爸很了不起。爸爸说他会把他的科研成果“献给全世界，把它作为礼物献给全人类”。虽然实验塔跟柯林岛很不协调，乔治一点儿也不喜欢；爸爸占用了小岛，几个小伙伴不能去岛上度假，乔治对此一直耿耿于怀，但此时此刻她终于理解父亲了，觉得她当初真不懂事。“乔

治想起自己当初为这事闹脾气，不禁羞愧难当。”而健忘的父亲好像把这事忘得一干二净了。“相爱相杀”的一对父女和解，倔强叛逆的乔治对父亲表现出前所未有的温柔和服从：“你要我做什么我都照办，爸爸，什么事都照办！”乔治拿着父亲珍贵的笔记本，决心设法回到大陆，找人来营救被胁迫的父亲。脾气暴躁、缺乏耐心的父亲也发现了女儿的优点，于是读者看到了本套丛书最为温馨最动人的部分：“‘好女儿。’爸爸说着拥抱了她一下。‘乔治，我真为你骄傲。’”乔治觉得这是爸爸对她说过的最中听的话了。

昆丁叔叔还拥有大无畏的牺牲精神。被两个坏人控制在地下岩洞时，他想尽办法保护他的笔记本，宁愿被炸死也不把笔记本交给坏人。但是当乔治来到岩洞后，他宁愿牺牲自己的科研成果，也不愿让女儿搭上性命，给他陪葬。“不行，可能我必须把笔记本交给他们。乔治，我不能冒险让他们炸掉小岛，把你埋在下面。光我自己的话，我会什么也不在乎——像我这样的人一辈子随时都要做好承担风险的准备——但现在你在这里，这就另当别论了！”为了保护女儿，他宁愿牺牲自己的科研成果，这展示了他的铁汉柔情和对乔治深深的父爱。后来，他们费尽周折，从地下岩

洞里爬出来，昆丁叔叔急忙冲上实验塔，砸坏了塔顶的玻璃和线路，破坏了能量，保住了小岛和岛上所有的人。他的坚决果断和勇敢的精神跃然纸上。

三

书中还写到了其他许多人物，他们虽然属于次要人物，但依然被塑造得有血有肉、个性鲜明，譬如睿智成熟、备受信赖的大哥哥朱利安，幽默风趣、警惕性非常高的狄克，温柔善良贤惠的安，等等，这些人物在侧面烘托主要人物形象、推进故事情节、渲染气氛等方面起到了非常重要的作用。书中的反面人物马丁郁郁寡欢但颇具艺术天赋，他受监护人科腾先生的胁迫，协助打探昆丁叔叔的机密，但他良心未泯，临阵倒戈，在紧要关头把秘密告诉了朱利安和狄克，把手电和铁锹借给兄弟俩，助了一臂之力，几个人得以一起在提米的带领下及时找到了乔治和昆丁叔叔。而那两个试图窃取机密的人也并非穷凶极恶之徒，他们没有开枪射杀提米，抓住提米后也没有虐待它，只是把它关在小岩洞里，还给它水喝，给它喂狗饼干。

在这些次要人物中，最值得关注的当属提米。提

米是乔治的爱犬，是她的心肝宝贝。四个小伙伴都很喜欢它，因为它是那么善解人意，又是那么伶俐讨喜。它跟兄妹四个一起经历过许多惊险奇遇，也在一起度过了许多美好时光。

提米和乔治的关系完全可以用亲密无间几个字来形容。它和乔治一起生活，一同经历悲欢，是乔治的知心朋友，乔治的父亲没征求过乔治的意见就借用乔治的柯林岛，还在岛上建了一座实验塔，乔治很郁闷，去找提米，把父亲借用柯林岛的事跟它说了。“她说的每一个字，提米都表示赞同。它仔细聆听，仿佛乔治说的话它全都听懂了。就连一只野兔从它眼前箭一般飞蹿而过，它也没有离开女主人半步。乔治有心事的时候，提米总能感觉到。”

提米还是一只深明大义的忠犬。当昆丁感觉到岛上有危险，要把提米留在岛上时，乔治很不乐意。妈妈认为：“如果让提姆做决定，它会留下来，你不在它也会留下来。它会告诉自己：‘这里需要我，需要我眼观六路侦察敌情，需要我耳听八方捕捉轻微的脚步声，也许还需要我的尖牙利齿保护主人。我要跟乔治分离几天，但是，她跟我一样，也长大了，几天的分离还是能够忍受的！’”乔治看着提米，提米也摇着

尾巴看着她。接下来，它做了一件非同寻常的事——它起身走向乔治爸爸，趴在他身边，看着乔治，好像在说："好啦！现在你知道我心里的真实想法是什么了！"要跟提米分离，乔治非常难过，她走到一边去，"提米摇摇尾巴。它没打算去追随乔治。不，现在它决意留下来跟随她父亲了，尽管它更乐意跟着女主人"。当大家起身准备回大陆时，提米"跟着大家走到小船边，但没打算跳上小船，而是站在乔治爸爸身边，目送小船在海面上荡悠着向远处驶去"。

作者对提米与小主人乔治之间的关系描写真实动人，展示了人与狗之间的深情厚谊，也使这部小说多了一股扑面而来、温馨怡人的儿童生活气息。

《重返宝岛》是一部不可多得的儿童历险故事，故事情节悬念迭出、扣人心弦，人物形象栩栩如生，加上正义战胜邪恶的永恒主题，相信小读者们一定会喜欢这个很纯真很有趣也很有爱的探险故事，并在阅读过程中收获探索未知的勇气和力量。

桂林电子科技大学

黄林涛

译名对照表

类别	英文	中文
人名	Anne	安
	George	乔治（乔治娜的昵称）
	Georgina	乔治娜
	Julian	朱利安
	Dick	狄克
	Quentin	昆丁（乔治的父亲）
	Hetty	赫蒂
	Fanny	范妮（乔治的母亲）
	Joanna	乔安娜
	James	詹姆斯
	Mr. Curton	科腾先生
	Martin Curton	马丁 · 科腾
	Tom	汤姆
	Johnson	约翰逊
	Peters	彼得斯

续表

类别	英文	中文
动物名	Timmy	提米 （狗名，提摩西的昵称）
	Timothy	提摩西（狗名）
	Tim	提姆 （狗名，提摩西的昵称）
地名	Kirrin Bay	柯林湾
	Kirrin Island	柯林岛
	Kirrin Cottage	柯林雅舍
	Kirrin	柯林
	Cheddar	切达

“五个小侦探”丛书

第一辑

1、《宝岛历险记》 米子 译

2、《再次大冒险》 孙精精 译

3、《离家出走》 杨盛梅 译

4、《走私者之峰》 庞贝 译

5、《马车出游历险记》 黄林涛 译

第二辑

6、《重返宝岛》 黄林涛 译

7、《幽灵火车》 黄林涛 译

8、《陷入大麻烦》 孙精精 译

9、《冒险的经历》 彭金玲 译

10、《一次远足》 欧阳耀地 译